JN003744

オー・ヘンリー傑作集2

最後のひと葉

オー・ヘンリー

越前敏弥＝訳

角川文庫
22608

目次

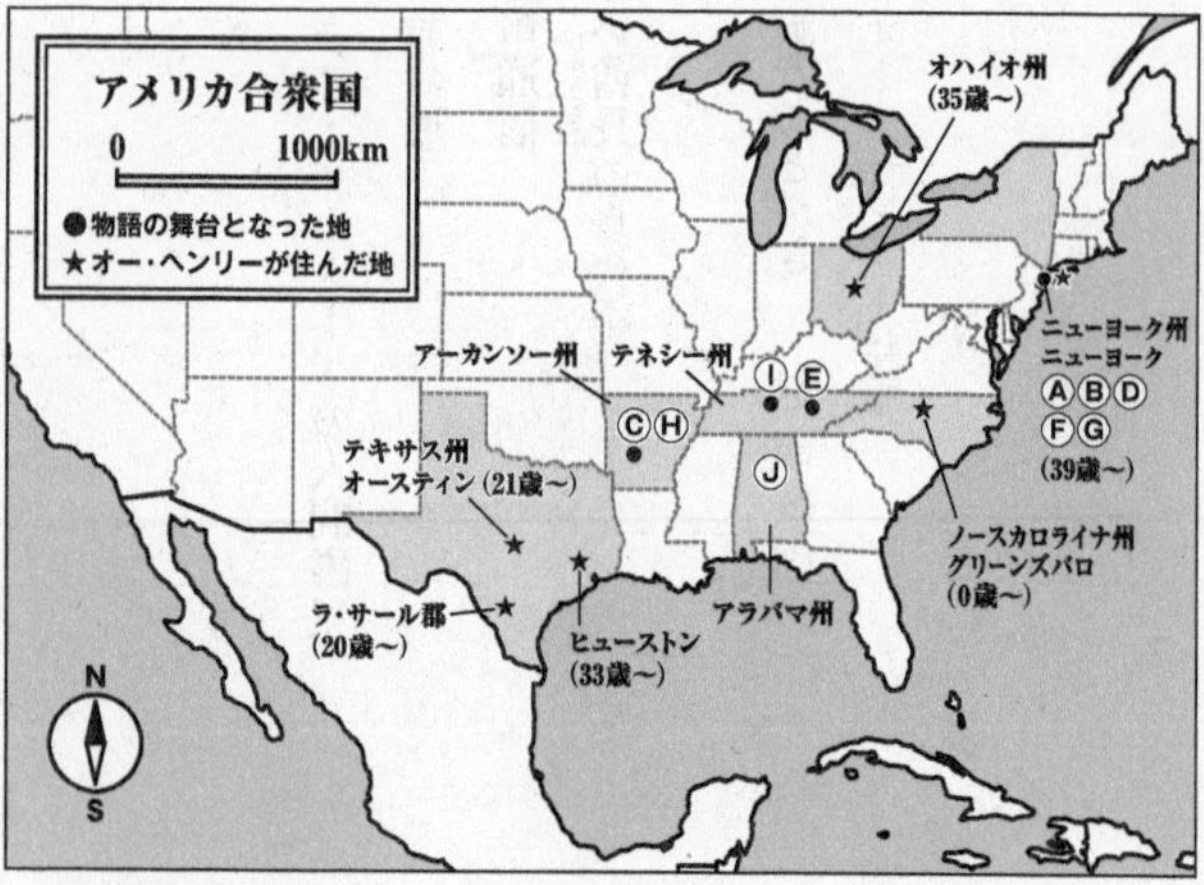

Ⓐ「最後のひと葉」：ニューヨーク

Ⓑ「二十年後」：ニューヨーク

Ⓒ「救われた改心」：アーカンソー州エルモア（※現在は地名変更）

Ⓓ「犠牲打」：ニューヨーク

Ⓔ「水車のある教会」：カンバーランド山脈の近く（※推測）

Ⓕ「運命の衝撃」：ニューヨーク

Ⓖ「ラッパの響き」：ニューヨーク

Ⓗ「ジェフ・ピーターズの人間磁気」：アーカンソー州

Ⓘ「都市通信」：テネシー州ナッシュヴィル

Ⓙ「赤い酋長の身代金」：アラバマ州

最後のひと葉

The Last Leaf

ニューヨークの下町グリニッチ・ヴィレッジで共同生活を送る、画家のスーとジョンジー。秋の終わり、ジョンジーが重い肺炎にかかり、窓の外のツタの葉が落ちていくのを見ながら、「最後の一枚が落ちるとき、わたしも死ぬ」と言いだす——。

ニューヨーク市のワシントン・スクエアの西にあるせまい地区は、いくつもの道がでたらめに交差して、多くの短い路地に区切られている。「プレイス」と呼ばれるこれらの路地では、奇妙な角やカーブがそこかしこで見られる。一本の道を進んだすえに、同じ道にもどって一度、二度と交わることもある。その昔、ある画家がここにはうまい使い道があると思いついた。絵の具や紙や画布の代金を取り立てに来た者は、このあたりをうろうろ歩いているうちに、一セントも回収できないまま、もと来た道にもどってしまうにちがいない！

そんなわけで、この風変わりで古めかしいグリニッチ・ヴィレッジ地区には、たくさんの画家やその卵がすぐに集まってきて、北向きの窓や十八世紀風の切妻がついた建物を、オランダ風の屋根裏部屋や家賃が安い部屋を探しまわった。そして、六番街で白鑞《しろめ》のマグカップをいくつかと焜炉《こんろ》つきの卓上鍋《なべ》をひとつふたつ買いこんで、生活をはじめた。こうして「芸術家村」ができあがった。

ずんぐりした煉瓦《れんが》造りの三階建ての最上階に、スーとジョンジーのアトリエがあった。「ジョンジー」はジョアンナの愛称だ。スーはメイン州、ジョンジーはカリフォルニア州の出身である。ふたりが知り合ったのは、八丁目の〈デルモニコ〉が供する定食のテーブルで相席となったときだった。絵画やチコリサラダやビショップスリーブの服の好みが同じだったので、すっかり気が合い、ふたりでアトリエを借りることにした。

それが五月のことだった。ところが十一月になると、医者が「肺炎」と呼ぶ、目に見えない冷酷なよそ者がこの芸術家村へ忍び寄り、氷のように冷えびえした指であちらこちらの人々につかみかかった。この恐ろしい破壊者は、ワシントン・スクエアの東側をわが物顔で突き進み、何十人もの命を奪ったが、迷路のように入り組んだ西側のせまく苔《こけ》むした「プレイス」へやってくると、歩みをゆるめた。

「肺炎」氏は、いわゆる騎士のような、弱い者にやさしい老紳士ではなかった。こぶしを赤く染めたこの息の荒い古兵にとっては、カリフォルニアの穏やかな風に吹かれて育った血の薄い小娘など、獲物としては物足りないはずだ。それなのに、標的となったのはジョンジーだった。ペンキの塗られた鉄のベッドに横たわったジョンジーは、ほとんど身動きもせず、オランダ風の小さなガラス窓から、隣の建物の味気ない煉瓦壁をながめるばかりだった。

ある朝、忙しい医者が、白髪交じりの濃い眉《まゆ》を動かして合図し、スーを廊下へ呼び出した。

「あの子が助かる見こみは——そう、十にひとつだな」医者は体温計を振って、目盛りの水銀をさげながら言った。「しかも、本人が生きたいと思えばの話だ。葬儀屋の前に自分から並びたがるような人間には、どんな薬を出しても意味がないんだよ。きみの友達は、もう具合がよくならないものと決めてかかっている。あの子には何か、気持ちの支えになることはないのかい」

「ジョンジーは――いつかイタリアでナポリ湾の絵を描きたいと言ってました」

「絵を描く？――くだらない！　そんなことじゃなくて、もっとしっかり心を傾けられることはないのかね？　たとえば、好きな男とか」

「好きな男？」スーは口琴をはじいたような調子はずれの声で問い返した。「男の人なんて、くだら――いえ、先生、そんな人はいません」

「ああ、そうなると厄介だな。とにかく、医術の力が及ぶかぎり、がんばって手を尽くそう。だが、患者が自分の葬式に並ぶ馬車の数を考えだしたら、薬の効き目は半分になってしまうんだよ。もしきみがジョンジーの気持ちをうまく変えてやって、この冬の外套《がいとう》はどんな袖《そで》のものが流行するかをあの子が質問するようにでもなったら、助かる見こみは十にひとつじゃなくて、五にひとつになると保証しよう」

医者が帰ると、スーは仕事部屋へ行き、日本製の小さなハンカチがぐしゃぐしゃになるまで泣いた。それから画板をかかえ、口笛でラグタイムの軽快な曲を吹きながら、元気よくジョンジーの部屋へはいっていった。

ジョンジーは顔を窓のほうに向けて横になっていた。上掛けの下で体を動かす気配はない。眠っていると思い、スーは口笛を吹くのをやめた。

画板を整えたあと、雑誌に載る小説の挿絵をペンで描きはじめた。若い作家は雑誌に小説を書いて文学の道を切り開き、若い画家はその小説の挿絵を描いて美術の道を切り開く。

スーが、主人公であるアイダホのカウボーイのために、馬術ショーで穿《は》く優雅な乗馬ズボンと、片眼鏡を描いていると、か細い声が繰り返し聞こえてきた。スーはベッドへ駆け寄った。

ジョンジーが目を見開いていた。窓の外をながめて、数をかぞえている——大きいほうから小さいほうへと。

「十二」ジョンジーは言った。少し経って「十一」、また少し経って「十」、さらに「九」と口にし、それから「八」「七」とつづけざまに言った。

スーは心配そうに窓の外を見た。いったい何を数えているのか。見えるのは、わびしく暗い庭と、六メートルほど先にある煉瓦造りの家の味気ない壁だけだ。壁の真ん中あたりまで、節だらけで根もとが枯れかけた古いツタが蔓《つる》を伸ばしている。秋の冷たい吐息に葉を散らされたツタは、もうほとんど裸で、骸骨《がいこつ》のような枝が崩れかけた煉瓦の壁にしがみついていた。

「ねえ、どうしたの?」スーは尋ねた。

「六」ジョンジーはささやくように言った。「落ちるのがどんどん速くなってる。三日前は百ぐらいあったの。数えようとすると、頭が痛くなるほどだったのに。いまは簡単。ほら、またひとつ落ちた。もう五枚しかない」

「五枚って、何が？　ねえ、教えて」

「葉っぱよ。ツタの葉。最後の一枚が落ちるとき、わたしも死ぬ。三日前にわかったの。先生が言ってたでしょう？」

「何よ、それ。そんなばかばかしい話、聞いたことがない」スーはひどくあきれた声で言った。「枯れたツタの葉っぱと、あんたの病気がよくなることと、いったいなんの関係があるっていうの？　あのツタはあんたのお気に入りだからって、困った子ね。おかしなこと言わないで。けさ先生から聞いた話だと、あんたがすぐによくなる見こみは――ええと、正確にはなんて言ってたっけ――そう、十のうち九だって！　それなら、このニューヨークで路面電車に乗ったり、新築のビルの横を歩いたりするのと同じくらい、あたりまえのことよね。さあ、ちょっとスープを飲んでみて。そうすれば、あたしも絵のつづきを描けるから。絵ができたら、雑誌の編集者に売って、そのお金で病気のお子さまにはポートワインを、食いしん坊のあたしにはポークチョップを買えるでしょ」

「ワインはもう買わなくていいのよ」ジョンジーは窓の外に目を向けたまま言った。「またひとつ落ちた。スープなんか飲みたくない。葉っぱはあと四枚だけ。暗くなる前に、最後の一枚が落ちるのを見届けたいの。そして、わたしも逝《い》く」

「ねえ、ジョンジー」スーはジョンジーの上に身をかがめた。「目を閉じて、あたしが絵を仕上げるまでは窓の外を見ないって約束してくれる？　この挿絵はあしたが締め切りなの。絵を描くには光が要るのよ。ほんとうなら、窓のブラインドをおろしたいところだけど」

「ちがう部屋で描いたら？」ジョンジーは冷たく言った。

「そばにいたいのよ。それに、あのばかげたツタの葉っぱを、あんたに見ていてもらいたくないし」

「描き終えたら、すぐに教えて」ジョンジーは目を閉じ、倒れた像のように青白い顔でじっと横たわっていた。「最後の一枚が落ちるのを見たいのよ。もう待ちくたびれた。考えるのも疲れた。しがみついてるもの全部から手を離して、ただただゆっくり落ちていきたいの。あのくたびれた、かわいそうな葉っぱみたいに」

「眠りなさい。あたしはベアマンさんを呼んでこなきゃ。人間ぎらいの年寄り鉱夫のモデルになってもらうの。すぐに行ってくるから、もどるまで動いちゃだめよ」

ベアマンは、同じ建物の一階に住んでいる画家だった。年は六十歳を超えている。半獣神《サテユロス》のような顔と小鬼《インプ》のような体を持ち、ミケランジェロのモーゼ像のような巻き毛の顎《あご》ひげを長く下へ垂らしている。画家としては負け犬で、四十年間絵筆を握ってきたものの、芸術の女神の裳裾《もすそ》に近づくことすらできなかった。傑作を描くといつも口にしていたが、実際に描きはじめたためしがない。ここ数年は、ときどき商売や広告用の雑な絵をやっつけ仕事でこなすくらいのものだった。あとは、この芸術家村で、プロのモデルを雇えない若い画家たちのモデルをつとめては、少しばかりのお金を稼いでいた。ジンをたっぷり飲んで悪酔いし、これから描きあげる傑作の話をいまでも口にする。そうでないときはただの気が荒い小柄な老人で、だれかが気弱なことを言おうものなら、ひどくばかにしたが、上の階のアトリエに住むふたりの若い女の画家に対しては、みずからが特別なマスチフ犬として番をしてやっているつもりだった。

スーが訪ねていくと、ベアマンは階下の薄暗い部屋で、杜松《ねず》の実（ジンの香料となる）のにおいを強烈に発していた。部屋の隅には、画架に載った白いままのキャンバスがあり、二十五年のあいだ、傑作の最初のひと筆を受け止めようと待ちつづけていた。スーはベアマンにジョンジーの奇妙な空想の話をし、ジョンジーがこの世にしがみついている手をほんのわずかでもゆるめたら、軽くてもろいツタの葉のように、ほんとうにどこかへ飛び去ってしまうのではないかという不安を打ち明けた。

ベアマンは赤い目から涙にちがいないものを流しながら、なんとばかげた想像か、と軽蔑《けいべつ》と嘲《あざけ》りをこめて罵《ののし》った。

「何を言っとるのか！　どこの世界に、つまらんツタの蔓から葉っぱが落ちたからって、それで自分も死ぬなんてぬかす痴《し》れ者がおる？ そんな話、聞いたこともないわい。冗談じゃない、わしはまぬけな世捨て人のポーズなぞ、とらんからな。なんだっておまえさんは、あの娘にそんなくだらんことを考えさせとくんだ？ しかし、それにしても、かわいそうにな、ヨンシー」

「あの子はすごく具合が悪くて、弱ってるの」スーは言った。「熱のせいで、気持ちが暗くなって、変なことばかり想像するようになったのよ。もういい、ベアマンさん。あたしのためのモデルなんかしたくないっていうなら、それはかまわない。ただ、あなたって、ひどい意地悪ね――無責任で、ごちゃごちゃ文句を言うだけのくそじじいよ」

「まったく、女はこれだからな！」ベアマンは叫んだ。「だれがモデルをせんと言った？ さあ、おまえさんのとこへ行くぞ。三十分も前から、モデルになってやるって言おうとしとったんだ。ひどいこった！ ヨンシーみたいないい子が、こんなところでふせってちゃいかん。いつかわしが傑作を描いたら、みんなでここを出てくからな。ああ、出てくとも！」

ふたりが上の階に着くと、ジョンジーは眠っていた。スーは窓の下までブラインドをおろして、ベアマンに隣の部屋へ行くよう合図した。隣の部屋の窓から、ふたりはおそるおそるツタを見た。それから一瞬、無言で顔を見合わせた。外では雪混じりの冷たい雨が休みなく降っている。色あせた青いシャツを着たベアマンは、ひっくり返した大鍋《おおなべ》の上にすわり、岩に腰かけた人間ぎらいの鉱夫のポーズをとった。

つぎの朝、一時間だけ眠ったスーが目を覚ますと、ジョンジーが生気のない目を大きく開いて、おりたままの緑のブラインドをぼんやりながめていた。

「ブラインドをあげて。見たいの」ジョンジーは小声ながらきっぱりと言った。

スーはしかたなく、言われたとおりにした。

ところが、どうしたことか。夜通し、雨が叩《たた》きつけるように降り、風が吹き荒れていたというのに、煉瓦《れんが》の壁にツタの葉が一枚へばりついていた。それは蔓に残っている最後の一枚の葉だった。付け根の近くはまだ濃い緑色だが、鋸歯《のこば》のようなふちは枯れはじめ、うっすらと黄色くなっている。それでも、地面から六メートルの高さの枝に勇ましく食らいついていた。

「最後のひと葉ね」ジョンジーが言った。「夜のあいだに落ちたとばかり思ってた。風の音が聞こえたから。でもきっと、あの一枚もきょう落ちる。そして、わたしもいっしょに死ぬの」

「ねえ、やめて！」スーは疲れた顔を枕に預けて言った。「自分のことはどうでもいいなら、あたしのことを考えて。あんたがいなくなったら、あたしはどうすればいいの？」

けれど、ジョンジーは答えなかった。この世で何よりわびしいのは、はるか彼方《かなた》への神秘の旅に乗り出そうと決めた人の心だ。思いこみが強くなるにつれ、ジョンジーを友情や大地と結びつけていた絆《きずな》が、ひとつ、またひとつと、ほどけていくようだった。

一日が過ぎ、夕暮れどきになっても、たった一枚のツタの葉は、しっかりと壁にしがみついていた。やがて夜が来て、また北風が吹きはじめた。雨は相変わらず窓を激しく叩き、オランダ風の低い庇《ひさし》からしずくが落ちていた。

朝が来て明るくなると、ジョンジーはなんの遠慮もなく、ブラインドをあげるように命じた。

ツタの葉は、まだそこにあった。

ジョンジーは横になったまま、ずいぶん長いこと、その葉を見つめていた。やがて、ガス焜炉《こんろ》でチキンスープをあたためていたスーを呼んで、こう言った。

「スー、わたしはひどい子だった。わたしの心がねじ曲がってることをわからせるために、何かが最後のひと葉を残してくれたのよ。死にたいなんて思うのは罪深いことね。スープを少し持ってきてくれるかしら。ポートワインを垂らしたミルクもね。それと——ううん、まずは手鏡を持ってきて。それから、背中にいくつか枕をあててもらえる？　体を起こして、あなたが料理するのを見ていたいの」

一時間後、ジョンジーは言った。

「スー、わたし、いつかナポリ湾を描きたい」

午後になると、医者がやってきた。スーは医者が帰るとき、理由を作っていっしょに廊下へ出た。

「助かる見こみは半分だ」医者はそう言って、スーの震える細い手をとった。「よく看病してやれば、きっときみが勝つ。きょうはこれから、下の階の患者も診なきゃいけないんだ。ベアマンという男で――たしか画家じゃなかったかな。やはり肺炎でね。年をとって弱っていたところを、急にやられた。助かる見こみはないんだが、少しは楽になるように、きょう病院へ連れていくことになっている」

つぎの日、医者はスーに言った。「ジョンジーはもうだいじょうぶだ。きみの勝ちだよ。あとはしっかり栄養をとらせて、世話してやるだけでいい」

その日の午後、スーはベッドのそばへ行った。ジョンジーは派手な青い毛糸で、使い物になりそうもないウールの肩掛けを満足そうに編んでいた。スーは背中の枕ごとジョンジーを片手で抱き寄せた。

「ねえ、話があるの、白ネズミちゃん」スーは言った。「きょう、ベアマンさんが病院で亡くなったのよ。肺炎のせいでね。具合が悪くなってから、たったの二日だった。おとといの朝、一階の自分の部屋でひどく苦しんでるのを管理人さんが見つけたの。

靴も服もぐっしょり濡《ぬ》れて、氷みたいに冷たくなってたんですって。あんな嵐の夜にいったいどこへ行ってたのか、だれにもわからなかった。でもそのあと、火がついたままのランプと、どこかから出してきた梯子《はしご》が見つかったの。ほかに、絵筆が何本か散らばって、パレットも落ちてた。パレットには、緑と黄色の絵の具が混ぜたままになってたそうよ。ねえ——窓の外を見て。壁に張りついてる、あの最後のツタの葉よ。風が吹いても、ぜんぜん揺れたり動いたりしなかったのを変だと思わなかった？　そうよ、ジョンジー、あれはベアマンさんの遺《のこ》した傑作なの。あの人が絵の具で描いたのよ。ほんとうの最後のひと葉が落ちた夜にね」

二十年後

After Twenty Years

夜十時。人影もまばらなニューヨークの街角に、ひとりの男がたたずんでいた。巡回中の警官が近づいていくと、その男は語りだした——若いころ、かつての親友と、ちょうど二十年後の同じ日、同じ時間にここで再会する約束をしたのだ、と——。

巡回中の警官が大通りを堂々と歩いていた。堂々としているのはいつものことで、見栄《みえ》を張っているわけではない。そもそも、見ている者などほとんどいない。まだ夜の十時かそこらだが、雨のほんの少し交じった冷たい風が、通りからあらかた人を追いやっていた。

警官は警棒を幾通りもの複雑で巧みな動きで振りまわしながら、つぎつぎと戸締りを確認し、ときおり振り向いては、静まり返った街角へ油断なく視線を投げかける。がっしりとした体格と少し肩をそびやかす歩き方は、平和の守護者を絵に描いたようだ。このあたりは終業が早い。葉巻店や終夜営業の軽食堂の明かりがところどころ見えるが、大半は事務所のたぐいで、どこもずいぶん前に閉まっていた。

ある街区の中ほどまで来たとき、警官は急に歩をゆるめた。暗くなった金物屋の戸口に、火のついていない葉巻をくわえた男がひとり寄りかかっている。警官が近づくと、男はすかさず口を開いた。

「なんでもありませんよ、おまわりさん」男はなだめるように言った。「友達を待ってるだけです。二十年前に交わした約束がありまして。ちょっと変に聞こえますかね。なら、真っ当な話だとわかってもらうために説明しましょう。古い話ですけど、そのころ、ここにはレストランがありました——〝ビッグ・ジョー〟・ブレイディの店がね」

「五年前まであったよ」警官は言った。「その後、取り壊された」

戸口の男がマッチを擦って葉巻に火をつけた。その明かりで、青白く顎《あご》の角張った顔が浮かびあがった。目が鋭く、右の眉《まゆ》の近くに小さな白い傷跡がある。ネクタイピンには大きなダイヤモンドが妙な恰好《かっこう》ではまっている。

「ちょうど二十年前の夜」男は言った。「ここにあった〝ビッグ・ジョー〟・ブレイディの店で、ジミー・ウェルズって男とめしを食ったんです。そいつはおれの親友で、世界一いいやつでした。このニューヨークでいっしょに育った兄弟みたいなもんですよ。おれは十八で、ジミーは二十歳《はたち》。おれは翌朝、ひと山あてにひとりで西部へ向かうことになってました。ジミーをこのニューヨークから引きずり出すなんて、だれにもできなかった。やつにとっては、この街だけが生きる場所だったんです。だからその夜、約束したんですよ。ちょうど二十年後の同じ日、同じ時間に、たとえどんな身の上になってどんな遠くにいようと、ここで再会しようじゃないかって。二十年も経てば、どういう形であれ、お互いにいっぱしの人間になってるはずだし、財産もそれなりにできてるだろうって考えたわけです」

「なかなかおもしろい話だ」警官は言った。「それにしても、二十年後とはずいぶん長い。別れてから連絡は来なかったのかね」

「いや、しばらくは手紙でやりとりしてましたよ。でも、一年、二年と経つうちに、それも途絶えちまいました。何しろ、西部ってのは、ばかでかいとこで、おれはそこをあちこち派手に飛びまわってましたから。けどね、生きてさえいりゃあ、ジミーのやつはかならず来ますよ。いつだってだれよりも信用できる、義理堅いやつでしたから。ぜったいに忘れっこない。おれは今夜ここに立つために千五百キロの彼方《かなた》から来ましたけど、昔なじみと会えるならその甲斐《かい》があるってもんです」

友を待つ男は、蓋《ふた》に小さなダイヤモンドをちりばめた瀟洒《しょうしゃ》な懐中時計を取り出した。

「あと三分で十時だ」男は言った。「ちょうど十時だったんですよ、このレストランの前で別れたのが」

「西部ではずいぶんうまくいったようだな」警官は言った。

「大成功でしたよ！　ジミーが半分でも稼げてりゃいいんですがね。いいやつなんだけど、まじめすぎるとこがあるんで。おれのほうは、海千山千の連中と張り合って財産を築くしかありませんでした。ニューヨークではどうしたって型にはまっちまう。剃刀《かみそり》の鋭さを身につけるなら、西部へ行くにかぎりますよ」

警官は警棒をくるりとまわし、少し歩きだした。

「さて、行くとしよう。無事に友達に会えることを祈るよ。十時きっかりまでしか待ってやらないのかい」

「まさか！」男は言った。「少なくとも、あと三十分は待ちますよ。ジミーが生きてりゃ、それくらいまでには来るでしょうから。さよなら、おまわりさん」

「では、失敬」警官はそう言って巡回にもどり、また家々の戸締りをたしかめていった。

いまでは冷たい小雨が降りはじめ、気まぐれに吹きつけていた風は絶え間ない強風と化している。わずかに残っていた通行人はコートの襟を立てて両手をポケットに突っこみ、むっつり押しだまって急ぎ足で去っていく。それでも金物屋の戸口では、若き日に友と交わしたばかばかしいほど不たしかな約束を果たすために、千五百キロの彼方から来た男が葉巻を吹かしつつ待ちつづけていた。

二十分ほど経ったころ、長いコートの襟を耳まで立てた長身の男が、通りの向かいから足早にやってきた。友を待つ男のもとへまっすぐ歩み寄る。

「ボブか？」その男はおそるおそる尋ねた。

「おまえ、ジミー・ウェルズか？」戸口の男は大声で言った。

「信じられない！」あとから来た男はそう叫び、相手の両手を握りしめた。「ボブだ、本物だ。生きてるなら、ぜったい来ると思ってたよ。ああ、よかった、よかった！　二十年ってのは長かったな。あのレストランはもうなくなったんだよ、ボブ。残ってたら、またいっしょに晩めしが食えたのにな。西の暮らしはどうだった？」

「最高さ。ほしいものはなんだって手にはいった。ジミー、おまえ、ずいぶん変わったな。そんなに背が高かったか。おれの記憶じゃもう五、六センチ低かったんだが」

「ああ、二十歳を過ぎてから、ちょっと伸びたんだ」

「ニューヨークでうまくやってるか、ジミー」

「まあまあだな。いまは市の職員だ。さあ、行こう、ボブ。おれのなじみのところへ案内するよ。積もる話をゆっくりしようじゃないか」

　ふたりの男は腕を組んで通りを歩きだした。成功して気が大きくなった西部の男は、成りあがるまでのあらましを語りはじめた。もうひとりの男はコートの襟に顔を埋《うず》めたまま話に聞き入っている。

　通りの角にドラッグストアがあり、電灯があかあかと輝いていた。その光の前に足を踏み入れたとき、ふたりは同時に顔を見合わせた。

　西部から来た男は急に足を止め、腕を振り払った。

「おまえはジミー・ウェルズじゃねえ」語気を強めて言った。「二十年はたしかに長いが、鷲鼻《わしばな》を獅子《しし》っ鼻《ばな》に変えちまうわけがねえんだ」

「善人を悪人に変えることはあるさ」長身の男は言った。「あんたは十分前に逮捕されたんだよ、〝口八丁のボブ〟。シカゴ市警から連絡が来たんだ。あんたがこっちへ来ていると思われるんだが、ちょっとばかりあんたと話したいそうだ。おとなしく応じるだろ？　そのほうが身のためだぞ。ああ、そうだ、署へ行く前に、あんたに渡すよう頼まれた手紙がある。この店の明かりで読むといい。ウェルズ巡査からだ」

西部から来た男は、手渡された小さな紙切れを開いた。読みはじめたときには紙をしっかりつかんでいたが、終えるころには手が小刻みに震えていた。手紙は短いものだった。

ボブ――約束の場所に時間どおりに出向いたよ。おまえがマッチを擦って葉巻に火をつけたとき、シカゴが手配している男の顔だとわかった。でも、自分ではどうも無理だったから、もどって私服の同僚に執行を頼んだんだ。

ジミー

救われた改心

A Retrieved Reformation

ジミー・ヴァレンタインは、お洒落《しゃれ》で腕利きの金庫破りだった。名刑事ベン・プライスの手により一度は御用となったものの、塀の外に出るやすぐに〝仕事〟を再開。ところがある日、運命の出会いを機に、危険な稼業から足を洗う決意をする――。

ときジミー・ヴァレンタインが刑務所内の靴工場《こうば》で靴の甲の縫いつけに精を出していたとき、看守が迎えにきて、事務室へと連れていった。そこで所長から、その朝知事が署名した赦免状を渡された。ジミーはそれを大儀そうに受けとった。四年の刑期のうち、すでに十か月近く服役していた。せいぜい三か月ほどで出られると踏んでいたのに。自分のように、外の世界にたくさん仲間がいる男は、塀のなかに入れられても、髪を刈りこむ甲斐《かい》がないほどになるはずだった。

「いいか、ヴァレンタイン」所長が言った。「あすの朝には出所だ。気を引き締めて、真っ当な人間になれよ。おまえは根っからの悪人じゃない。金庫破りなんかやめて、まじめに生きていけ」

「なんですって？」ジミーは驚いた顔で言った。「金庫破りなんて、生まれてこのかた一度もやったことがありませんよ」

「ああ、そうだったな」所長は笑い声をあげた。「むろん、そうだろうよ。しかし、それならスプリングフィールドの一件で、おまえがここにぶちこまれたのはどういうわけだ。さる高貴なおかたの評判に傷がつくのを案じて、自分のアリバイを証明するのを控えたからか？　それとも、根性の曲がった老いぼれ陪審員たちの恨みを買っただけだとでも？　おまえみたいに無実を訴える連中は、決まってそのどちらかだと言うんだ」

「なんですって？」ジミーはまたもや潔白そのものであるかのような顔で言った。「スプリングフィールドなんて、所長、生まれてこのかた一度も行ったことがありませんよ」

「こいつを連れていけ、クローニン」所長は笑みを浮かべたまま言った。「それから、出所用に服をあてがってやれ。あすの朝は七時に出して、出所準備室へ連れてきてくれ。ヴァレンタイン、さっきの忠告についてよく考えてみるんだな」

翌朝の七時十五分、ジミーは所長室の外に立っていた。身につけているのはひどく着心地の悪い既製品の服で、靴は硬くてぎしぎし鳴る。どちらも、無理に引き留めた客人にお引きとり願う際に州が贈る品だった。

職員が列車の切符と一枚の五ドル紙幣を手渡した。これを足がかりに心を入れ替え、善良な市民として満ち足りた暮らしを送ることを司法は期待している。所長はジミーに葉巻を一本渡し、握手を交わした。記録簿の囚人番号九七六二番ヴァレンタインの欄に「州知事により赦免」と記されたあと、ジェイムズ・ヴァレンタインは陽光のなかへ足を踏み出した。

小鳥のさえずりにも、風にそよぐ緑の梢《こずえ》にも、花々の香りにも興味を示さず、ジミーはまっすぐ一軒のレストランへ向かった。そこでまず、チキンの炙《あぶ》り焼きと一本の白ワインという献立で、甘美なる自由をゆっくり味わい、食後には所長から渡されたものより一段上等の葉巻をくゆらせた。しばらくすると店を出て、のんびりと駅へ向かった。駅舎の前にすわりこんでいた盲目の男の帽子に二十五セント硬貨をほうりこんでから、目当ての列車に乗った。三時間後には、州境にほど近い小さな町におり立った。そしてマイク・ドーランという男が営むカフェへ行き、カウンターの奥にひとりでいたマイクと手を握り合った。

「もっと早く出してやれなくて、悪かったな、ジミー」マイクは言った。「だが、スプリングフィールドの連中が猛反対して、知事もなかなか踏みきれなかったんだよ。気分はどうだ」

「悪くないさ」ジミーは言った。「で、おれの鍵《かぎ》は？」

鍵を受けとって二階へあがり、突きあたりの部屋のドアをあけた。何もかも、ここを出たときのままだ。床にはまだあの名刑事ベン・プライスの襟のボタンが落ちている。刑事たちがジミーを取り押さえようと揉《も》み合いになったとき、引きちぎられたものだ。

ジミーは壁から折りたたみ式のベッドを引きおろし、現れた壁の羽目板を一枚ずらして、中からほこりまみれのスーツケースを引き出した。それを開き、東部一のみごとな泥棒道具一式をほれぼれとながめた。完璧《かんぺき》な品々で、特別に鍛えあげた鋼でできている。最新式のドリル数本、穿孔器《せんこう》、曲がり柄ドリル、鉄梃《かなてこ》、やっとこ、螺子錐《ねじぎり》のほか、自分で考案した新式の工具も二、三あり、ジミーにとっては自慢の種だった。この道の専門家のための工房で、これだけ作らせるのに九百ドル以上かかっている。

三十分後、ジミーは階下へおり、カフェの店内を通っていった。いまは体にぴったり合った趣味のいい服を着て、手にはきれいにほこりを払ったスーツケースをさげている。

「もう何か狙ってるのか」マイク・ドーランが愛想よく言った。

「はあ?」ジミーは困惑したような口調で言った。「なんのことだ。〈ニューヨークさくさくビスケット&ぼろぼろ製粉合弁会社〉の者だが?」

この台詞《せりふ》はおおいにマイクを笑わせ、ジミーはその場でミルクのソーダ割りを一杯飲まされる羽目になった。ジミーは〝強烈〟な飲み物には手を出さないからだ。

四人番号九七六二番ヴァレンタインが釈放された一週間後、インディアナ州リッチモンドで鮮やかな手際の金庫破りがあった。犯人の手がかりはなく、持ち去られたのは八百ドルだけだった。その二週間後には同じ州のローガンズポートで、特許技術による最新式の盗難防止機能つきの金庫が、チーズを切るようにいとも簡単にあけられ、総額千五百ドルが奪われたが、有価証券と銀貨は手つかずのままだった。そこで警察が興味を持ちはじめる。つづいてミズーリ州ジェファーソン・シティで、ある銀行の旧式金庫が壊され、そこから噴火口さながらに総額五千ドルの紙幣が流れ出した。ここまで被害が大きくなると、さすがにベン・プライスほどの刑事が捜査に乗り出すことになる。各担当者と話し合ったところ、どの事件の手口にも似かよった顕著な特徴があることがわかった。それぞれの現場を検分し、ベン・プライスはこう言った。

「これはまさしく〝めかし屋〟ジム・ヴァレンタインの手口だな。やつがまた仕事をはじめたのさ。ダイヤル錠のつまみのところを見てみろ。雨の日にハツカダイコンを引っこ抜くみたいに、すっぽり抜きとられてる。こんなことができる道具を持ってるのは、やつだけだ。それに見ろよ、錠前のタンブラーが全部きれいに叩《たた》きのめされてる。こういうとき、やつはひとつしか穴をあけないんだよ。そう、どうやらヴァレンタイン氏は御用というわけだ。つぎのお勤めでは、刑期の減免だの恩赦だの、ふざけたことにはなるまい」

ベン・プライスはジミーの性癖をよく理解していた。かつてスプリングフィールドの事件を担当していたときに知ったのだ。ひと仕事ごとに遠くへ行き、移動はすばやく、共犯者はなく、上流社会を好む――この流儀でヴァレンタイン氏は法の網をすり抜ける達人として名をはせていた。ベン・プライスがこの神出鬼没の金庫破りの追跡に乗り出したことがわかると、盗難防止機能つきの金庫の持ち主たちはいくぶん安堵《あんど》した。

ある日の午後、ブラックジャック・オークの木が目立つアーカンソー州の片田舎の、鉄道から十キロ近く離れたエルモアという小さな町に、スーツケースを持ったジミー・ヴァレンタインが郵便馬車からおり立った。スポーツ万能の大学の最上級生が故郷に帰還したかのような風情で、ジミーは板張りの歩道をホテルのほうへ歩いていった。

ひとりの若い女が道を渡ってきて、曲がり角でジミーの前を横切り、〈エルモア銀行〉という看板のある建物へはいっていった。その女と目が合ったとき、ジミー・ヴァレンタインはそれまでの自分を忘れ、別人に生まれ変わった。女は目を伏せ、ほんのりと頬を赤らめていた。ジミーのような風采《ふうさい》の若者は、エルモアではなかなかお目にかかれないのだ。

ジミーは、銀行の石段で遊んでいた少年を、自分はこの銀行の株主だと言わんばかりの態度でつかまえ、何度か十セント硬貨を与えながら、町のことをあれこれと尋ねた。やがてさっきの女が出てきて、スーツケースをさげた青年にまったく気づかない様子で、優雅に立ち去った。

「たしか、あのお嬢さんはミス・ポリー・シンプソンだね」ジミーは自信たっぷりに、かまをかけた。

「ちがうよ」少年は言った。「アナベル・アダムズさ。この銀行は、あの人の父ちゃんがやってるんだ。それより、あんたはエルモアに何しに来たの？　その時計の鎖は本物の金？　おれ、いつかブルドッグを飼うんだ。十セント玉はもうないの？」

　ジミーはプランターズ・ホテルへ行き、宿帳にラルフ・D・スペンサーと書いて部屋をとった。それから受付カウンターに寄りかかり、受付係に自己紹介をした。商売をはじめようと思い、いい場所がないかと探しにエルモアに来た。この町での靴の商売はどんな感じだろう。実は、靴屋をやろうと思っている。うまくいきそうだろうか。

　受付係はジミーの服装と物腰にすっかり感心していた。この男自身、エルモアのお洒落《しゃれ》気どりの若者たちに、ちょっとした手本を示しているつもりでいたが、自分などまだまだだと気づかされたのだ。ネクタイの結び方を観察しながら、受付係は率直に町のことを話した。

　ええ、靴屋ならきっと見こみがありますよ。この町には専門の店がありませんから。靴は衣料品店か雑貨店で買うしかないんです。どの商売もまずまず順調ですよ。スペンサーさんも、ぜひエルモアで店を開いてくださいよ。住みやすいところですし、気安い連中ばかりだって、すぐにおわかりになりますよ。

　スペンサー氏は、それなら数日滞在してひととおり見てまわるよ、と言った。いや、荷物係は呼ばなくていい。スーツケースくらい自分で持ってあがるよ。けっこう重いしね。

　ジミー・ヴァレンタインは、急に襲ってきた鮮烈な恋の炎に焼きつくされて灰になり、そこから不死鳥としてよみがえってラルフ・D・スペンサー氏となった。そしてエルモアにとどまって、成功をおさめた。靴屋を開き、順調に売上を伸ばした。そして人付き合いもうまくいき、多くの友人ができた。そして、あの切実な思いも実を結んでいた。アナベル・アダムズ嬢とお近づきになり、ますますその魅力の虜《とりこ》になっていた。

一年経ち、ラルフ・D・スペンサー氏の立場はこうだった——町の人々から信頼され、靴屋は大繁盛、アナベルとは婚約中で二週間後に結婚式をあげる。父親のアダムズ氏は田舎の銀行家らしい堅物だが、スペンサー氏をおおいに買っている。アナベルは婚約者に対して、愛情に劣らず誇らしさを感じている。アダムズ家とも、アナベルの姉が嫁いだ一家とも、スペンサー氏はもう家族同然の仲だった。

そんなある日、ジミーは自分の部屋で一通の手紙を書き、それをセントルイスにいる旧友の住所に宛てて送った。安全な相手だ。

懐かしき友よ

来週水曜の夜九時に、リトル・ロックのサリヴァンの店まで来てくれないか。ちょっとしたことをいくつか片づけたいんだ。それから、おれの道具一式をおまえに譲ろうと思う。おまえなら喜んでもらってくれるよな——千ドル払っても、これと同じものは作れない。そう、ビリー、おれは足を洗ったんだ――一年前にな。いまは店をやってる。いい店だぞ。真っ当に暮らして、二週間後には世界一すてきな娘と結婚するんだ。これこそが人生だよ、ビリー――まっすぐな生き方だ。もうおれは、百万ドルやると言われても、たとえ一ドルだって人さまの金に手をつけるつもりはない。結婚したら、店を売って西部へ行くつもりだ。あっちなら、昔のことを蒸し返される恐れはまずないだろう。とにかく、ビリー、彼女は天使なんだ。心からおれを信頼してくれてる。だからもう、おれは何があろうと曲がったことはぜったいにやらない。かならずサリヴァンの店に来てくれよ。おまえにはどうしても会っておきたい。道具はそのときに持っていく。

かつての友
ジミー

ジミーがこの手紙を書いた翌週の月曜の夜、ベン・プライスが貸し馬車に乗ってひそかにエルモアにやってきた。目立たずに歩きまわっているうちに、探し求めていた答に行きあたった。ある薬屋から、通りをはさんだ向かいにあるスペンサーの靴屋のなかが見え、ラルフ・D・スペンサー氏の姿をしっかり観察できたのだ。

「銀行家の娘と結婚するんだってな、ジミー」ベン・プライスはつぶやいた。「だが、どうなるかはまだわからんぞ」

翌朝、ジミーはアダムズ家で朝食をとった。この日はリトル・ロックへ行って、結婚式用のスーツを注文し、アナベルに何か気のきいたものを買ってくる予定だった。エルモアの町を離れるのは、ここへ来てからはじめてのことだ。かつての稼業で最後の〝仕事〟をしてから一年以上が経ち、そろそろ思いきって都会へ出ても問題なかろうと考えていた。

朝食がすむと、一家そろって家を出た。アダムズ氏に、アナベル、ジミー、そしてアナベルの嫁いだ姉と、その五歳と九歳の娘ふたりもいっしょだ。ジミーがいまも仮住まいにしているホテルの前を通りかかったので、ジミーは自分の部屋まで駆けあがり、あのスーツケースをとってきた。それから、みんなで銀行へ向かった。銀行の前には、駅までジミーが乗っていく予定の一頭立て馬車と、御者のドルフ・ギブスンが待っていた。

一同は彫刻が施された背の高いオーク材の仕切りに近づき、その奥の事務室へはいっていった。ジミーもいっしょだった。アダムズ氏の未来の娘婿は、どこでも歓迎される。行員たちは、アナベル嬢と結婚する予定の見かけも愛想もいい青年に対して、にこやかに挨拶《あいさつ》を返した。ジミーはスーツケースを床に置いた。幸福感と若々しさで心が浮き立っていたアナベルは、ジミーの帽子を自分の頭に載せて、スーツケースを持ちあげた。「こうすると、わたしも立派な訪問販売員に見えるでしょ」アナベルは言った。「あら、ラルフ、これってすごく重いのね。金塊でも詰まってるみたい」

「ニッケルめっきの靴べらがたくさんはいってる」ジミーは落ち着いた声で言った。「このあと返品しに行くんだ。自分で持っていけば送料の節約になると思ってね。近ごろは、ぼくもすっかり節約魔だよ」

エルモア銀行は、つい先日新しく金庫室を造ったばかりだった。アダムズ氏はそれをたいそう自慢に思っていて、ぜひ全員が見ていくようにと言い張った。金庫室にしては小さいが、特許をとった新方式の扉がある。頑丈な鋼鉄の閂《かんぬき》三本が、ハンドルひとつで同時に閉まるようになっていて、そのうえ時限錠もついている。アダムズ氏は顔を輝かせてその仕組みをスペンサー氏に説明したが、当のスペンサー氏は礼儀正しくあいづちを返すものの、興味を持っているように見えなかった。メイとアガサの子供たちふたりは、輝く金属の部屋や風変わりな時計盤とハンドルを見て大はしゃぎしていた。

こうして一同が気をとられているあいだに、ベン・プライスがふらりと銀行にはいってきて、仕切りの向こうで片肘《かたひじ》を突きながら、奥をさりげなくうかがっていた。窓口係に対しては、特に用はなく、ただ知り合いを待っているだけだと告げた。

突然、女の悲鳴が一度か二度あがり、それから大騒ぎになった。大人たちが目を離していた隙に、九歳のメイがふざけて妹のアガサを金庫室のなかに入れ、扉を閉めてしまったのだ。しかもアダムズ氏の実演を真似て閂をおろし、ダイヤル錠のつまみもまわしていた。

老銀行家はハンドルに飛びついて、ぐいぐい引っ張った。「だめだ、あかない」アダムズ氏はうなるように言った。「まだ時計のねじも巻いていないし、暗証も設定していないんだ」

アガサの母親が取り乱し、またしても悲鳴をあげた。

「静かに！」アダムズ氏は震える手で一同を制して言った。「ちょっと静かにしてくれ。アガサ！」声をかぎりに叫ぶ。「おい、聞こえるか」静けさのなか、かすかに響いたのは、金庫室の闇のなかで怯《おび》えきった子供がわんわん泣きわめく声だけだった。

「ああ、わたしのアガサ！」母親は泣き叫んだ。「あの子、恐怖で死んでしまう！　扉をあけて！　ねえ、壊してでもあけて！　男の人がいるのに、どうにもできないの？」

「この扉をあけられる人間はここにはいない。リトル・ロックまで行けば別だが」アダムズ氏は声を震わせて言った。「なんてことだ！　スペンサーくん、どうすればいい？　あの子は――このままだと長くはもたん。空気は少ししかないし、恐ろしさのあまり、ひきつけでも起こしかねない」

アガサの母親はすっかりわれを忘れ、両手で必死に金庫室の扉を叩《たた》いていた。ダイナマイトで壊せないかなどと、無茶を言う者もいた。アナベルがジミーに目を向けた。大きな瞳《ひとみ》は不安をたたえているが、絶望してはいないらしい。女には、敬愛する男の力をもってすれば、この世に不可能なことなどないと思えるのだろう。

「なんとかできない、ラルフ？　お願い、やってみて」

彼はアナベルを見つめた。口もとと力強い目に、奇妙なやさしい笑みを浮かべていた。

「アナベル、きみがつけてるその薔薇《ばら》をもらえないかな」

アナベルは聞きちがえたのかと思いつつ、ドレスの胸もとにピンで留めてあった薔薇のつぼみをはずして手渡した。彼はそれをヴェストのポケットに入れて、さっと上着を脱ぎ捨て、シャツの袖《そで》をまくりあげた。その瞬間、ラルフ・D・スペンサーは消え去り、ジミー・ヴァレンタインが現れた。

「みんな、扉から離れて」ジミーは鋭く言った。

そして例のスーツケースをテーブルに載せ、蓋《ふた》を持ちあげて大きく開いた。そのときから、ほかの人間の存在が意識の外に追いやられた。ジミーは鈍く光る奇妙な形の器具を手早く取り出して並べながら、仕事のときのいつもの癖で、自分だけが聞こえるかすかな口笛を吹きはじめた。魔法にかかったかのように一同は押しだまり、身動きひとつしなかった。

一分後には、愛用のドリルがすんなりと鋼鉄の扉を穿《うが》ちはじめた。十分後には――みずからの金庫破りの最短記録を更新し――閂をはずして、大扉を開いていた。

アガサは気を失いかけていたが、無事に母親の腕に抱きあげられた。

ジミー・ヴァレンタインは上着を身につけ、仕切りの外へ出て正面玄関へ向かった。その途中、よく知る声が「ラルフ！」と後ろから呼ぶのが聞こえたような気がした。けれども、立ち止まらなかった。

玄関には、行く手をふさぐように、ひとりの大柄な男が立っていた。

「やあ、ベン」あの奇妙な笑みを浮かべたまま、ジミーは言った。「とうとう来たな。じゃあ、行こうか。こうなったら、どうでもいいさ」

ところが、ベン・プライスは不思議な反応を見せた。

「スペンサーさん、人ちがいでしょう。たぶん、お目にかかるのははじめてです。表で待っているのは、あなたの馬車じゃありませんか」

ベン・プライスはきびすを返し、通りへ出てゆっくり歩き去った。

犠牲打

A Sacrifice Hit

アレン・スレイトンは、ニューヨークの有力雑誌《ハーストーン》に自身の作品を掲載してもらうためには、どんな犠牲もいとわない覚悟だった。そしてあるとき、野望をかなえるための完璧《かんぺき》な計画を思いつき、実行に移すのだった——。

《ハーストーン》誌の編集長は、雑誌に載せる原稿を独自の方針で選んでいる。その理論は秘密でもなんでもない。それどころか、マホガニーの机の前にすわって気さくな笑みを浮かべ、金縁眼鏡で軽く膝《ひざ》を叩きながら、進んで説明をはじめるだろう。

「《ハーストーン》誌は原稿読みの専属担当者を雇っていないんだよ。持ちこまれた原稿については、立場も階層もさまざまに異なる読み手の意見を直接聞くことにしている」

それが編集長の言い分である。つまりはこういうやり方だ。

持ちこみ原稿の束が届くと、編集長はあらゆるポケットに原稿を詰めこんで、その日出向く先々で配り歩く。社員をはじめ、荷物運び、建物の管理人、エレベーター係、使い走りの少年、昼食をとる店のウェイター、夕刊を買う新聞スタンドの販売員、雑貨屋の店員、牛乳配達員、五時半発の郊外行き高架列車の車掌、六十某丁目の駅の改札係、自宅の料理人兼家政婦といった面々が読み手となり、《ハーストーン》誌に送られてきた原稿のよしあしを決める。家族が待つ団欒《だんらん》の場に着いてもまだポケットが空になっていないときには、残りの原稿を妻に手渡し、赤ん坊が眠りに就いてから読むように言う。数日後、編集長はいつもの順路をたどって原稿を回収し、さまざまな読み手がくだした評決を吟味していく。

雑誌作りのこの手法はめざましい成功をおさめた。広告料の増加と相まって、売上も空前の勢いで伸びていった。

ハーストーン社は書籍も出版していて、いくつもの話題作にその社名が刻まれている——編集長いわく、そういった出版物もすべてハーストーン社の読者有志による精鋭部隊が推薦して世に出たものだ。ときには（編集部のおしゃべり社員によると）、有象無象の読者からの忠言に従ってハーストーン社が見送った原稿が、のちにほかの出版社に持ちこまれ、世間の注目を集めるベストセラーになることもあったという。たとえば（噂によると）、『サイラス・レーサムの浮沈』はエレベーター係の不評を買った。『ボス』は使い走りの少年が拒否反応を示した。『司祭の馬車』は路面電車の車掌が小ばかにした。『出産と解放』は購読部の事務員に却下された。ちょうど妻の母親が家にやって来て、二か月ものあいだ居すわろうとしていたところだったのだ。『女王陛下の書《クエア》』は管理人からこう返された——「この本こそ変てこ《クエア》だよ」（どの作品も、当時同名または類似タイトルの本が存在していた）。

にもかかわらず、ハーストーン社はこの方針と手法を貫き、原稿の読み手が足りなくなることもなかった。というのも、編集部に属する若い女の速記者から石炭掘りの男（この男の反対意見によって、ハーストーン社は『地底世界』の出版権を取り逃した）まで、至るところにいる読み手のだれもが、いつか自分がこの雑誌の編集者になれるのではないかと期待していたからだ。

いた。

「愛がすべて」と題した中編を書きあげたばかりのアレン・スレイトンも、《ハーストーン》誌のこの手法を熟知していた。以前からスレイトンは、あらゆる雑誌の編集部を探りまわっていたので、大都会ニューヨークの出版界の裏事情を知りつくしていた。

《ハーストーン》誌の編集長がさまざまな立場の人々に原稿を配り歩いていることだけでなく、センチメンタルな恋愛小説は編集長付の速記者であるミス・パフキンに渡していることも、スレイトンは知っていた。編集長にはもうひとつ奇妙なこだわりがあり、それは原稿の読み手に対しては作者の名前をけっして明かさないことだった。その名の威光が読み手の率直な感想に影響を及ぼすことを危惧《きぐ》していたからだ。

スレイトンは「愛がすべて」に全人生を懸けて取り組んだ。ありったけの頭脳と心血を注ぎこみ、完成させるまでに六か月を要した。それは混じりけなしの恋愛小説であり、繊細で、高尚で、ロマンティックで、情熱に満ちていた。まさしく散文で書かれた一篇の詩であり、神聖なる愛の恵みは（と、原稿に書かれたままを写しているのだが）俗世のいかなる贈り物や名誉にもはるかにまさる崇高なものであり、天が授けてくれる至高の報いの目録に掲げるべきものだと謳《うた》っていた。文学に対して、スレイトンはすさまじい野心をいだいていた。みずから志した芸術の道で名声を得ることができるのなら、世俗の富などすべて犠牲にしてもかまわなかった。努力の結晶が《ハーストーン》誌に掲載されるのを見るという夢をかなえるためなら、右手を切り落とすことや、虫垂炎愛好者が手にしたメスに身をまかせることすらいとわなかっただろう。

「愛がすべて」を完成させると、スレイトンはさっそくハーストーン社へ持っていった。雑誌編集部のある大きな建物にはいくつもの会社が雑居し、管理人が駐在していた。

スレイトンがドアからはいり、エレベーターへ向かったそのとき、ジャガイモのつぶし器が玄関ホールの空中を舞い、スレイトンの帽子を吹っ飛ばして、ドアのガラスに激突した。つぶし器のすぐあとを追うように、だらしなく太った管理人が、ズボン吊《つ》りがはずれたみっともない姿で、あわてふためきながら息を切らして飛んできた。その急襲につづいて、こんどは冴《さ》えない身なりのずんぐりした女が髪をふり乱してやってきた。管理人が床のタイルで足を滑らせ、無念の叫びとともに倒れこむと、女はその上に馬乗りになって髪の毛をつかんだ。管理人は盛大にわめき立てた。

怒りがおさまったのか、その獰猛《どうもう》な女は身を起こし、武勇の女神ミネルヴァさながらに堂々たる足どりで、建物の奥にあるひそやかな住まいへゆっくりもどっていった。

管理人は屈辱にまみれてぐったりと立ちあがった。

「これが結婚生活ってやつさ」男は苦笑混じりにスレイトンに言った。「あの娘のことを思うと夜も寝られないなんてころもあったのに、いまはこのざまだ。帽子はすまなかったな。ここの会社の人たちにはだまっててくれるかい？　くびになったら困るからさ」

スレイトンは通路の奥にあるエレベーターに乗り、《ハーストーン》誌の編集部へ向かった。「愛がすべて」の原稿を渡し、掲載の可否については週末に返事をするという編集長からの約束を取りつけた。

階下へおりる途中、栄光を勝ちとる作戦を編み出した。みごとなひらめきが急に頭に浮かんだのだが、こんなことを思いつくなんて、自分の才覚を讃《たた》えずにはいられなかった。その夜、さっそく計画を実行に移した。

ハーストーン社の速記者であるミス・パフキンはスレイトンと同じ家に下宿していた。痩《や》せこけて、気むずかしく、みすぼらしい、さびしげな中年の独身女だった。以前、紹介されたことがあった。

スレイトンの大胆な捨て身の企てとはこうだった。ロマンティックで切ない小説について、《ハーストーン》誌の編集長はミス・パフキンの判断に重きを置いている。彼女の好みが、そういうたぐいの物語にのめりこむ平凡な女たちの感性の平均値とほぼ一致しているからだ。「愛がすべて」の要《かなめ》となる主題は、ひと目見た瞬間に落ちる恋である。互いが運命の相手だと悟り、心と心が共鳴する、あのとろけるような、抗《あらが》いがたい、魂が震える感覚。その聖なる真理を、この手でミス・パフキンの胸に刻みこむことができたなら！　そうすれば、ミス・パフキンは新たに芽生えた陶然たる心地を確たるものにするために、中編「愛がすべて」を編集長に強く推薦するのではないだろうか。

スレイトンはそう考えた。そこでその夜、ミス・パフキンを劇場に誘った。つぎの日の夜には、下宿の薄暗い談話室で熱く愛を語った。そのとき、「愛がすべて」のなかのことばを惜しみなく引用した。ついには、肩にミス・パフキンの頭がもたれかかり、脳裏では作家としての名声が舞い踊った。

だが、スレイトンは愛を語るだけにとどまらなかった。いまこそ人生の正念場だ、と心のなかでつぶやき、真剣勝負に臨む男にふさわしく「限界に挑む」ことにした。木曜の夜にはいっしょに〈街の真ん中にある大きな教会〉へ行き、そこでミス・パフキンと結婚した。

勇敢なるスレイトンよ！　シャトーブリアンは屋根裏部屋で死に、バイロンは夫に先立たれた婦人に求愛し、キーツは飢え死にする苦しみを味わい、ポーは酒に溺《おぼ》れ、ド・クインシーは阿片《あへん》を吸い、エードはシカゴに住み、ジェイムズは移住しつづけ、ディケンズは白い靴下を履き、モーパッサンは拘束衣を身につけ、トム・ワトソンはポピュリストとなり、エレミアは悲しみの涙を流した。錚々《そうそう》たる作家たちがこれほどまでの行為に及んだのも、ひとえに文学のためだ。しかし、スレイトン、汝はそのすべてにまさる。あろうことか、名声の殿堂にその名を永遠に刻みつけるために、妻をめとったのだから！

　金曜の朝、スレイトン夫人は、これからハーストーン社に行って編集長から渡された一、二篇の原稿を返し、速記の仕事を辞めてくると言った。

「いまから――その――持っていく原稿のなかに、特によかったものはあったのかい」スレイトンは高鳴る鼓動を感じながら尋ねた。

「ええ、ひとつ――中編だけど、すばらしい作品があったの」妻は答えた。「まさに人生の真実を描いたすてきな話よ。この何年かで読んできたものなんて、どれもその作品の魅力の半分にも及ばない」

　その日の午後、スレイトンはハーストーン社に駆けつけた。これまでのことがようやく報われる。《ハーストーン》誌に小説が掲載されれば、作家としての名声がたちまち自分のものになる。

　事務所の外にある手すりの前で、使い走りの少年が待っていた。よほどのことがないかぎり、無名の書き手が編集長と直接話をする機会はない。

　スレイトンは内心で喜びを噛《か》みしめながら、成功を手にした暁には、この少年を踏みつけて見返してやれる、とひそかに胸をふくらませた。

スレイトンは自分の作品について尋ねた。少年は聖なる領域へはいっていき、大きな封筒をかかえて帰ってきた。千ドルの小切手のはずが、その封筒はやけに分厚かった。

「編集長からの伝言です」少年は言った。「誠に残念ですが、当誌には掲載できません」

スレイトンは茫然《ぼうぜん》として立ちすくんだ。「教えてくれないか」ことばを詰まらせながらも言った。「ミス・パフ――つまり、ぼくの――いや、ミス・パフキンは――読むように指示されていた原稿を返したんじゃないのか」

「ええ、返しましたよ」少年はさかしげに答えた。「ミス・パフキンが絶賛していたと編集長から聞きました。作品の名前は「金のための結婚、あるいは働く女の大勝利」だったか。

あ、そうだ！」少年は親しげな口調になって言った。「たしか、お名前はスレイトンさんでしたよね。たぶん、うっかりあなたの作品と入れ替わってしまったんです。先日、編集長から配る原稿を預かったんですけど、ミス・パフキンに渡すやつと管理人に渡すやつを逆にしてね。まあ、でも、問題ないでしょう」

そこでスレイトンが返された原稿の表紙をよく見ると、「愛がすべて」の題の下に、管理人によるこんな感想が鉛筆で記されているのに気づいた。

「ばかを言うな！」

魔女のパン　Witches' Loaves

通りの角で小さなパン屋を営むミス・マーサは、週に二、三回店を訪れるひとりの男のことが気になっていた。男はドイツ訛《なま》りがあって、いつも古くなった硬いパンを買っていく。もう少し上等なものを食べさせてあげたいと思っていたところ……。

ミス・マーサ・ミーチャムは、通りの角で小さなパン屋を営んでいた（入口の階段を三段のぼり、ドアをあけるとチリンとベルが鳴る店だ）。

四十歳で、銀行の通帳には二千ドルの残高があり、二本の義歯と愛情深い心の持ち主だ。ミス・マーサよりもはるかに望みが薄そうなのに結婚している者は、世の中にたくさんいる。

週に二、三回、店にやって来る客がいて、ミス・マーサはその客を気にかけるようになった。眼鏡をかけた中年の男で、茶色の顎《あご》ひげを実にていねいに手入れしていた。男が話すことばには、ドイツの強い訛りがあった。着ている服は、擦り切れてつくろわれているかと思えば、皺《しわ》だらけでゆるすぎることもあった。けれども、どこか小ざっぱりしていて、とても礼儀正しかった。

男はいつも、硬くなった古いパンを二斤買った。焼きたてのパンは一斤で五セントだが、古いものは二斤で五セントだ。ほかには何も買わなかった。

あるとき、男の指に赤と茶の汚れがついていた。そのとき、きっとこの人は画家で、お金に困っているにちがいない、とミス・マーサは思った。屋根裏部屋に住んで絵を描き、ひからびたパンを口にしながら、この店に並んだおいしそうなパンのことを思い出しているのだろう、と。

ミス・マーサは骨つき肉とロールパン、ジャムと紅茶の前に腰をおろし、ため息をつきながら、このご馳走《ちそう》を心やさしい画家に分けてあげたい、そうすれば寒々しい屋根裏部屋で乾いたパンをかじったりしなくてすむのに、とよく思ったものだ。最初に申しあげたとおり、ミス・マーサは愛情深い心の持ち主だった。

その男の職業についての推理が正しいかどうかをたしかめるため、ある日ミス・マーサは安売りで買った絵を自分の部屋から持ってきて、パンの並ぶカウンターの奥にある棚に立てかけた。

その絵にはヴェネツィアの風景が描かれていた。壮麗な大理石の宮殿《パラッツォ》（と説明書きにあった）が前景にそびえ、後方は水面がひろがっている。ほかには数艘《すうそう》のゴンドラ（乗っている女は片手を水につけている）と雲や空が描かれていて、明暗法《キアロスクーロ》がたっぷり使われている。画家なら見過ごすはずはない。

それから二日後、例の客が姿を見せた。

「古いほうのパンを二ぎん、お願いします」

ミス・マーサがパンを包んでいると、男は言った。

「きれいな絵をお持ちですね」

「あら」ミス・マーサは言い、みずからの計略にほれぼれした。「芸術を愛していますの。それに」と答えて、（いや、「画家も」と言うのはまだ早いと思いなおし）「絵画も」とつづけた。「いい絵だと思いますか」

「ぎゅうでんが」男は言った。「あまりうまくありませんね。遠ぎん法も正確ではないです。では、どうも」

男はパンを手にしてお辞儀をし、そそくさと出ていった。

そうだ、やっぱりあの人は画家にちがいない。ミス・マーサは絵を自分の部屋にもどした。

あの眼鏡の奥で輝くまなざしの気品に満ちた穏やかさといったら！　あの聡明《そうめい》そうな広い額！　ひと目見ただけで、遠近法について判断できるなんて――それなのに、ひからびたパンが生きる糧だなんて！　とはいえ、天才というものは、往々にして世に認められるまでさんざん苦労するものだ。

もしも銀行にある二千ドルと、パン屋と、愛情深い心が天才の後ろ盾になることができたら、芸術にとって、さらには遠近法にとっても、どれほどすばらしいことになるだろうか――でも、そんなのは夢物語だ、ミス・マーサ。

近ごろ、男は店に来ると、パンの並ぶカウンターをはさんで少し雑談をするようになった。ミス・マーサの励ましのことばを求めているように思えた。

相変わらず、買うのは古びたパンだけだった。ケーキにも、パイにも、ミス・マーサご自慢のサリーラン（甘みのあるマフィン）にもまったく見向きもしなかった。

心なしか、男がやつれ、日に日に元気を失っていくように見えた。いつものわびしい買い物に、栄養がつくものを加えてあげられないものかと胸が痛んだが、行動に移す勇気がなかった。恥ずかしい思いをさせる気がしたからだ。芸術家の誇り高さについては承知していた。

ミス・マーサは青い水玉模様がついたシルクのブラウスを着て店に立つようになった。奥の部屋では、マルメロの種とホウ酸を混ぜて秘薬を作った。血色をよくするために多くの人が使うものだ。

ある日、例の客はいつものようにやって来て、カウンターに五セント硬貨を置き、いつもの古いパンを頼んだ。ミス・マーサがパンに手を伸ばしたとき、ラッパと鐘の音がやかましく響き、消防車が通り過ぎていった。

だれもがそうするように、男もドアへ駆け寄って外を見やった。その瞬間、ミス・マーサの脳裏に妙案がひらめいた。いましかない。

カウンターの奥にある棚のいちばん下に、新鮮なバターが五百グラム近くあった。十分前に牛乳配達員が持ってきたものだ。ミス・マーサは古くなったパン二斤それぞれにパン切りナイフで深い切りこみを入れ、バターをたっぷり塗りこんでから、パンをしっかり押さえつけた。

男がふたたびこちらを向くと、ミス・マーサはそのパンを紙に包んだ。

いつもより陽気に話をして男が去ったあと、ミス・マーサはひとり笑みを浮かべた。

しかし、胸のかすかな震えは抑えられなかった。

大胆すぎただろうか？　気を悪くしないだろうか？　いや、そんなはずがない。食べ物には花ことばのような深い意味はない。バターはでしゃばりで厚かましい女の象徴、なんて聞いたことがない。

一日じゅうずっと、そのことばかり考えていた。こちらのささやかな企《たくら》みに男が気づく場面を目に浮かべた。

男が絵筆とパレットを置く。目の前のイーゼルには、いま描いている絵がある。非の打ちどころがない遠近法が用いられた絵だ。

男は軽食をとろうとする。ひからびたパンと水。パンを切ると、そこには――ああ！

顔が真っ赤になった。そのパンを食べながら、バターを入れた手を思い浮かべてくれるのだろうか？　あの人はどんなふうに――

店の入口のベルが荒々しい音を立てた。だれかがやってきて、ひどくうるさく鳴らしている。

ミス・マーサは急いで店頭へ出た。ふたりの男がいた。ひとりはパイプをふかした若い男で――はじめて見る顔だ。もうひとりは、あの画家だった。

画家の顔は真っ赤になり、帽子は頭の後ろまでずり落ちて、髪はくしゃくしゃに搔《か》きむしられていた。両手を固く握りしめ、ミス・マーサに向かって勢いよく振り立てている。こともあろうに、このミス・マーサに向けて。

「この野郎《ドゥムコプフ》!」男はとんでもない声でがなり立てた。さらに、「くそったれのお節介《タウゼンドンフエル》」だかなんだか、そんなことをドイツ語で叫んだ。

若い男は画家を引きさがらせようとした。

「がえらないぞ!」男は怒りをあらわに言った。「この女に言ってやるんだ」

画家は店のカウンターをバスドラムのように激しく叩《たた》いた。

「おまえのぜいで台なしだ」男はわめいた。眼鏡の奥の青い瞳《ひとみ》が燃えたぎっている。

「おい、ぎけ、おぜっかいのぐそ女!」

ミス・マーサは力なく棚に倒れかかり、青い水玉模様がついたシルクのブラウスに片方の手を添えた。若い男は画家の襟首をつかんだ。

「ほら、もうじゅうぶんだろ」まだ怒りがおさまらない男をドアから外へ連れ出し、また店にもどった。

「なんのことかおわかりでしょうか」若い男は言った。「どうして怒っているのか。あの男はブルムバーガーと言って、建築の設計図を描いています。わたしは職場の同僚です。

この三か月ものあいだ、あいつは新しい市庁舎の設計図を作るのにかかりきりでした。懸賞をかけた公募があったものでね。きのう、インクの線入れが終わりました。

設計図の描き手は、まず鉛筆で下描きをします。そしてインクの線入れが終わると、硬いパンのくずで鉛筆の下描きを消すんですよ。消しゴムより使い勝手がいいですから。

そのパンをブルムバーガーはいつもここで買っていました。ところが、きょう、ほら、バターのせいで――ブルムバーガーの設計図はべとついて、まったく使い物にならなくなってしまったんです。ああなったらもう小さく切って、駅売りのサンドイッチにでもするしかない」

ミス・マーサは奥の部屋にもどった。青い水玉模様がついたシルクのブラウスを脱ぎ、いつもの着古した茶色のサージ織を着た。それから、マルメロの種とホウ酸からなる秘薬を窓からごみの缶へ投げ捨てた。

水車のある教会

The Church with an Overshot-wheel

カンバーランド山脈に近いレイクランズという避暑地に、水車のある教会があった。

かつてその水車小屋で粉挽《こなひ》きをしていたエイブラムは、ある事件をきっかけに村を出た。そして秋のはじめごろになると、またこの土地へやってくるのだった――。

レイクランズは、流行《はや》りの避暑地の案内書には載っていない。カンバーランド山脈に連なる低い丘陵地帯にあり、クリンチ川から分かれた小さな支流に面している。正確には、二十数戸の家から成るのどかな村で、さびれた狭軌鉄道が通っている。この鉄道はマツ林のなかで迷子になり、恐怖と孤独に耐えかねてレイクランズに飛びこんできたのだろうか、それともレイクランズのほうが迷子になって線路に身を寄せ、わが家へ連れ帰ってくれる列車を待っているのだろうか。

レイクランズと名づけられた理由もまた、よくわかっていない。湖《レイク》はどこにもなく、まわりの土地《ランズ》は瘦《や》せていて、あえて語るほどのものではない。

村から一キロ足らずのところに、イーグル・ハウスという大きく広々とした古い屋敷がある。これはジョサイア・ランキンという男が営む宿で、あまり金をかけずに山の空気を味わいたい人たちを泊めていた。イーグル・ハウスの運営は愉快なまでにいいかげんだ。現代風に改修することなく、古い造りのままだが、大らかに放置され、適度に散らかっているのが、わが家のように心地よい。それでも部屋は清潔で、おいしい食事がたっぷりふるまわれる。あとはすべて客自身とマツ林しだいというわけだ。豊かな自然は鉱泉や、ぶどうの蔓《つる》のぶらんこや、クロッケーの場を提供してくれ、クロッケーの柱門も鉄ではなく木でできている。人の手による楽しみは唯一、丸太造りの四阿《あずまや》で開かれる週に二度のダンス会のバイオリンとギターの演奏ぐらいだ。

イーグル・ハウスの常連客にとって、余暇は楽しみであり、不可欠のものでもある。忙しい人々はいわば時計で、一年じゅうしっかり歯車を動かしつづけるために、二週間に一度ねじを巻かなくてはいけない。下の町からやってくる学生もいれば、たまに芸術家が訪れることや、丘陵の古い地層の研究に魅せられた地質学者が来ることもある。多くはないが、物静かな家族連れもここで夏を過ごす。よく見かけるのは、勤勉な慈善運動で疲れた女性ひとりふたりで、レイクランズでは「先生がた」と呼ばれていた。

イーグル・ハウスから四百メートルほどのところに、もしイーグル・ハウスが宿泊者用に周辺の案内書を作っていたら、きっと「見どころ」として掲載したであろうものがあった。それは古い古い水車小屋で、もう粉挽きには使われていなかった。ジョサイア・ランキンに言わせれば、「上掛け水車のある、えー、合衆国唯一の教会でございまして、それと同時に、信徒席とパイプオルガンがある、えー、世界で唯一の水車小屋」である。イーグル・ハウスに泊まる客は安息日ごとにこの古い水車小屋の教会へ出向き、そこで説教を聞いた。それは、粉になってこそ役に立つ小麦と同じように、キリスト教徒は篩《ふるい》にかけられ、経験と苦労という臼《うす》で擂《す》られて罪を洗い清める、という話だった。

毎年、秋のはじめごろになると、エイブラム・ストロングという客がイーグル・ハウスを訪れ、しばらく滞在した。人々から好かれ、重んじられる人物だった。レイクランズでは「エイブラム神父」と呼ばれていたが、それは真っ白な髪、頼もしくてやさしそうな血色のよい顔、陽気な笑い声、黒い服とつばの広い帽子がいかにも聖職者を思わせたからだ。はじめて会う客も、三、四日もすると親しみをこめてそう呼んだ。

エイブラム神父は、はるばる遠くからレイクランズへやってきた。前に住んでいたのは北西部の活気あふれる大きな町で、そこに製粉所を持っていたのだが、それは信徒席とパイプオルガンのついた小さな水車小屋とは似ても似つかない、醜い山のような巨大な工場で、まわりを貨物列車が蟻塚にたかる蟻のように一日じゅう這《は》いまわっていた。

さて、これからエイブラム神父と、教会でもあった水車小屋の話を聞かせよう。そのふたつの話は強く結びついているからだ。

その教会がまだただの水車小屋だったころ、エイブラム・ストロングは粉挽《こなひ》きを生業《なりわい》にしていた。これほど陽気で、粉だらけで、働き者で、幸せそうな粉屋はどこにもいなかった。水車小屋から道ひとつ隔てた小さな田舎家に住んでいた。要領はよくなかったが、挽き賃が安かったので、山の人たちは岩だらけの道を何キロも苦労してここまで小麦を運んできた。

この粉屋にとって、生きる喜びは小さな娘アグレイアだった。亜麻色の髪の幼子に、ギリシャ神話の光の女神と同じ勇ましい名前をつけたものだが、山に暮らす人々は響きのよい堂々とした名前を好む。母親が何かの本で見つけて、それに決めたのだった。幼いころ、アグレイア自身はふだんこの名前で呼ばれるのをいやがって、自分は「ダムズ」だと言って聞かなかった。粉屋夫婦は何度も娘をなだめすかしては、この謎めいた名前がどこから来たのかを聞き出そうとしたが、わからないままだった。最後にはひとつの仮説に行き着いた。家の裏にある小さな庭の花壇いっぱいに石楠花《ロードデンドロン》が植えてあり、娘はその花をことのほか気に入って、強い興味を示していた。そこで、大好きな花の名前は小むずかしい感じがして、「ダムズ」なら似かよっている気がしたのかもしれない。

アグレイアが四歳のころ、娘と父親は毎日夕方に水車小屋でちょっとした儀式をおこなうことになっていて、天気が悪くないかぎり、かならずそのとおりにしていた。夕食の支度ができると、母親が娘の髪にブラシをかけてから、きれいなエプロンをつけてやり、父親を迎えに娘を水車小屋へ送り出す。粉屋は娘が小屋の入口に現れると、粉で真っ白になった姿で進み出て、手を振り、この地域で古くから知られている粉挽きの歌を口ずさみはじめる。こんな歌だった。

水車がまわる

小麦が挽ける
陽気な粉屋は粉まみれ
朝夕歌い
仕事は軽い
愛しいあの子を思ってりゃ

するとアグレイアが笑いながら走り寄って「父さん、ダムズをおうちへ連れてって」と言う。粉屋は娘をひょいと肩に乗せ、粉屋の歌をうたいながら夕食の食卓へ向かう。毎日そうだった。

四歳の誕生日からわずか一週間後のある日、アグレイアが姿を消した。最後に目撃されたときには、家の前の道端で野の花を摘んでいた。少ししてから母親が外に出て、遠くへ行っていないかをたしかめようとすると、もういなくなっていた。

むろん、見つけようとあらゆる手が尽くされた。近所の人たちは手分けをして、一帯の森や山を何キロも探しまわった。水車の用水路や小川の底を、堰《せき》の下流のかなり遠くまでさらった。ひとつの手がかりも見つからなかった。一、二日前、渡り者の家族が近くの木立で野宿していた。その一家にさらわれたのではないかという声もあったが、追いついて幌馬車《ほろばしゃ》のなかを調べても、アグレイアはいなかった。

エイブラム・ストロングは二年近くその水車小屋にとどまった。しかしついに、娘を見つけ出す望みを捨てた。夫婦は州の北西部へ移っていった。数年後、その地域にある製粉業の盛んな大きな町で、近代的な製粉所を持つことになった。ストロング夫人はアグレイアを失った痛手から立ちなおることができず、引っ越して二年後にこの世を去り、夫はひとりで悲しみに耐えなくてはならなかった。

商売で成功したエイブラム・ストロングは、レイクランズにもどって古い水車小屋を訪れた。それを見ると悲しみがこみあげてきたが、強い男だったので、いつも明るく、みなに親切にふるまっていた。そんなとき、その古い水車小屋を教会に改装しようと、ふと思いついた。レイクランズは貧しい村で、どこにも教会がなかった。山の人々はさらに貧しくて手助けができず、祈りの場所が三十キロ以内になかった。

エイブラム・ストロングは小屋の外観をできるだけ変えないようにした。大きな上掛け水車はそのままにした。若い人たちがこの教会に来ると、水車の柔らかく徐々に朽ちていく板に自分の名前の頭文字を刻みこんだ。堰は一部が取り壊され、山からおりてくる清らかな水は邪魔されずに岩床をさらさらと流れていった。水車小屋のなかは大きく変わった。軸棒と碾臼《ひきうす》とベルトと滑車は、もちろんすべて取りはずされた。中央の通路をはさんで左右に長椅子が並べられ、奥には少し高くなった場所に説教壇が配された。頭上の三方に回廊がめぐらされていくつかの椅子が置かれ、内階段でのぼれるようになっていた。回廊にはオルガン――本物のパイプオルガン――もあり、これは旧水車小屋教会の信徒一同の自慢だった。フィービー・サマーズがオルガン奏者をつとめた。毎週日曜日の礼拝では、レイクランズの少年たちがオルガンへ空気を送りこむ役を率先して順番に引き受けた。説教をするのはベインブリッジ師で、年老いた白い馬に乗って〝栗鼠《りす》の谷〟をくだってきて、一度も休まずに礼拝を執りおこなった。そして、費用はすべてエイブラム・ストロングが引き受けた。説教師には年に五百ドル、ミス・フィービーには二百ドルを支払った。

こうして、アグレイアへの思いから古い水車小屋が改装され、かつて幼子が暮らした村の人々が恩恵にあずかった。あの子の短い一生が、おおぜいの七十年の生涯よりも多くの善をもたらしたようだった。けれども、エイブラム・ストロングの娘への思いは、さらに別の記念碑をも生み出した。

北西部にある製粉所から出荷する小麦粉――弾力のある上質の小麦から作られたもの――に「アグレイア」と名づけて売り出したのだ。まもなく多くの人々は、この小麦粉「アグレイア」にふたつの値段があることを知った。ひとつは市場の最高価格で、もうひとつは――無料だった。

人々が食べるのに困る災難――火事、洪水、竜巻、ストライキ、飢饉《ききん》などが起こると、どこであろうとすぐに大量の「アグレイア」が無償で届けられた。注意深く配慮して引き渡されるが、それは無料で配られ、空腹をかかえる人々からいっさい金を受けとらなかった。よく言われたことだが、貧困に悩む地区でひどい火事があるときは、まず消防隊長の馬車が現場に到着して、つぎに「アグレイア」を積んだ荷馬車が現れ、それから消防ポンプがやってきたという。

それがエイブラム・ストロングの築いたアグレイアのためのもうひとつの記念碑だった。詩人なら、こうした話はあまりに実用的で、美しいとは言いがたいと思うかもしれない。一方、甘美なすばらしい話と感じる人もいるはずだ。愛と慈善という使命を帯びて飛んでいった混じりけのない白く新鮮な小麦粉は、名前の由来となった亡き幼子の魂と見なすべきだろう、と。

ある年、カンバーランド山脈一帯は度重なる苦難に見舞われた。どの地域も穀物の出来が悪く、地元の特産物もまったく収穫できなかった。山からの土石流で土地や家は破壊された。森の獲物もほとんど見つからず、猟師たちは自分の家族を養うことさえままならなかった。とりわけレイクランズのあたりはきびしいようだった。

それを聞いたエイブラム・ストロングは、すぐさま指示を飛ばした。そして、小さな狭軌列車がその地に小麦粉「アグレイア」をおろしはじめた。指示は、小麦粉を旧水車小屋教会の回廊に積むように、というもので、礼拝のために来た人はひと袋ずつ持ち帰れた。

それから二週間後、エイブラム・ストロングは例年どおりイーグル・ハウスにやってきて、また「エイブラム神父」になった。

今季はイーグル・ハウスの滞在客がいつもより少なかった。そのなかにローズ・チェスターがいた。アトランタから来た客で、ふだんはデパートで働いているらしい。休暇で遠出をするのはこれがはじめてだという。以前、そのデパートの店長夫人がイーグル・ハウスでひと夏を過ごしたことがあった。夫人はローズをたいそう気に入っていて、三週間の休暇にはぜひそこへ行くようにと勧めたのだった。夫人から紹介状を受けとったランキンの妻は喜んでローズを迎え、しっかりともてなしていた。

ミス・チェスターはあまり丈夫ではなかった。年齢は二十くらいで、日ごろ屋内にいるせいで色が白く華奢《きゃしゃ》だった。しかし、レイクランズで一週間も過ごすと、明るく元気になり、見ちがえるように生き生きしてきた。九月のはじめのことで、それはカンバーランドの山々が最も美しい時季だった。山の木々は紅葉で秋の色に輝いていた。空気はシャンパンのようにかぐわしく、夜はさわやかな涼しさに満ち、だれもがイーグル・ハウスのあたたかな毛布に包まれて心地よく過ごした。

エイブラム神父とミス・チェスターは大の仲よしになった。年老いた粉屋はランキンの妻から身の上話を聞き、ひとりで生きる痩《や》せ形のさびしげな娘にたちまち興味を示した。

山地はミス・チェスターにとってはじめてだった。あたたかい平地の街アトランタに長く住んでいるので、カンバーランド山脈の雄大で変化に富んだ自然にすっかり魅せられた。滞在中の一瞬一瞬を楽しもうと心に決めていた。少しばかりの貯金と使った額を慎重に照らし合わせ、仕事にもどるときにわずかながら手もとに残るのがどれほどか、一セント単位で計算していた。

エイブラム神父と知り合い、旅の仲間を得たことは幸運だった。エイブラムはレイクランズ周辺の山々の道も峰もふもとも知りつくしていた。エイブラムのおかげでミス・チェスターはさまざまなことを知った。マツ林に覆われたほの暗い道を歩く厳粛な心地よさ、むき出しの岩から放たれる威厳、活力が湧く澄みきった朝、不思議なさびしさに満ちた夢のような黄金色の午後。そして日ごとに体調はよくなり、晴れ晴れとした気持ちになっていった。あたたかく朗らかに笑うさまは女らしかったが、そこにはみながよく知るエイブラム神父のあの笑いと似たものがあった。ふたりはもともと楽天家だった。そしてふたりとも、周囲に穏やかな明るい顔を向ける術《すべ》を心得ていた。

ある日、ミス・チェスターは客のひとりから聞かされ、エイブラム神父に行方不明の娘がいることを知った。急いで外へ出ていくと、湧き出る鉄鉱泉のほとりでエイブラムが気に入りの丸太のベンチに腰かけていた。エイブラムはかわいらしい友が自分の手をとり、涙を浮かべてじっと見つめたので、驚いた顔をした。

「まあ、エイブラム神父さま」ミス・チェスターは言った。「なんてお気の毒なことでしょう。小さなお嬢さんのこと、きょうまで知りませんでした。いつか見つかりますよ——ええ、いつか」

エイブラムはしっかり視線を返し、頼もしいいつもの笑顔を見せた。

「ありがとう、ローズさん」ふだんと同じ陽気な調子で言った。「でも、もうアグレイアが見つかるとは思っていません。数年は、流れ者にさらわれたんだ、だからまだ生きている、と信じていました。でも、その望みは捨てました。どこかで溺《おぼ》れたのだと思っています」

「わかります」ミス・チェスターは言った。「はっきりしないから、よけいに耐えがたく感じるのね。それでもあなたは明るくて、困っている人たちを進んで助けようとしていらっしゃる。すばらしいかたです、エイブラム神父」

「すばらしいかたです、ミス・チェスター！」粉屋は真似て微笑んだ。「あなたほど思いやりのある人はいませんよ」

そこでミス・チェスターは気まぐれを起こしたようだった。

「あの、エイブラム神父さま」声を強めて言った。「もしわたしがあなたの娘だってことになったら、すてきでしょうね。夢物語のようじゃありません？　わたしがあなたの娘さんだったら、うれしいとお思いになる?」

「もちろん、うれしい」エイブラムは心から言った。「もしアグレイアが生きていて、あなたのようなお嬢さんになっていたら、それ以上望むことはありません。もしかしたら、あなたはアグレイアかもしれませんよ」冗談めいた相手の口調に合わせて、つづけた。「あの水車小屋に住んでいたころのこと、覚えているでしょう?」

ミス・チェスターは急に真剣な様子で考えこんだ。大きな瞳《ひとみ》がぼんやりと遠くの何かを見つめていた。一変して真顔になったさまを見て、エイブラム神父は楽しげだった。娘は無言のまま、ずっとすわっていた。

「ああ、だめ」深いため息を漏らし、ようやく口を開く。「水車小屋のこと、何ひとつ思い出せない。粉を挽《ひ》くための水車なんて、あのちょっと変わった小さな教会を見るまで、これまで一度も目にしたことはありません。もしわたしがあなたの娘なら覚えているはず、そうですよね。がっかりです、エイブラム神父さま」

「わたしもですよ」エイブラム神父は同意して言った。「でも、わたしの娘だった記憶はなくても、ローズさん、だれかほかの人の子供だった記憶はあるはずですよ。むろん、ご両親のことは覚えているでしょう」

「ええ、はい。はっきり覚えています——特に父のことを。父はちっともあなたと似ていませんでした、エイブラム神父さま。さっきは、そんなふりをしていただけです。

さあ、もう行きましょう。休憩はもう十分でしょう。約束でしたよ、きょうの午後は池へ行って、鱒《ます》が泳いでるのを見せてくださるって。わたし、鱒を見たことがないんです」

ある日の午後遅く、エイブラム神父はひとりで古い水車小屋へ出かけた。これまで何度かそこへ行って腰をおろし、通りを隔てた田舎家に住んでいたころに思いをはせたものだ。心を貫く悲しみは歳月によって和らげられ、いまはもう当時のことを考えても胸が痛みはしない。それでも、九月の憂鬱《ゆううつ》な夕暮れどきに、かつて〝ダムズ〟が亜麻色の巻き毛をなびかせて毎日駆けこんできた場所で坐《ざ》するエイブラム・ストロングの顔に、レイクランズの人々がいつも見るあの笑みはなかった。

エイブラムは曲がりくねった険しい道をゆっくりとのぼった。木々が道の際まで深々と茂っているので、帽子を手に持って木陰を歩いた。右側の古い柵《さく》の上をリスが楽しそうに走り、ウズラが麦の刈り株の陰で雛《ひな》を呼んでいる。傾いた夕日が、西に開けた山峡へ淡い金色の光の奔流をほとばしらせる。いまは九月の初旬だ――あとわずか数日で、アグレイアが姿を消した日がめぐってくる。

古い上掛け水車は山のツタに半ば覆われ、木の間越しに漏れるあたたかい陽光がそこに点々とあたっていた。向かいの田舎家はまだ建っているが、この冬に山嵐が吹けば、きっと倒れるにちがいない。朝顔やひょうたんの蔓《つる》が一面にからみつき、扉は蝶《ちょう》番《つがい》ひとつで留まっている。

エイブラム神父は水車小屋の扉を押し開き、静かに中へ進んだ。しばらくして立ち止まり、様子をうかがう。だれかが中にいて、悲しみに耐えきれずにすすり泣いているらしい。見ると、ミス・チェスターが薄暗い信徒席に腰かけ、開いた手紙を両手に持ってうなだれている。

エイブラム神父はそこへ歩み寄り、がっしりとした手を彼女の手に重ねた。ミス・チェスターは顔をあげ、かすかな声で神父の名を口にして、さらに何か言おうとした。

「いや、いいんだ、ローズさん」エイブラムはやさしく言った。「無理に話そうとしないことだ。悲しいときは、心ゆくまでしばらく静かに泣いたほうがいい」

みずからも深い悲しみに浸ったことがあるこの年老いた粉屋は、人々の心から悲しみを追い払う魔法使いのようだった。ミス・チェスターのすすり泣きはしだいにおさまった。やがて娘は簡素なふちどりのある小さなハンカチを取り出して、神父の大きな手に落ちた一、二滴の涙をぬぐった。それから顔をあげ、涙のにじむ目で微笑んだ。ミス・チェスターは涙が乾かなくてもいつも笑えたが、それはエイブラム神父が悲しみをかかえつつ笑えるのと同じだった。その点でふたりはとても似ていた。

エイブラムは何も尋ねなかったが、ミス・チェスターは少しずつ話しはじめた。

それはよくある話で、若人にとっては大問題に感じられるが、歳を重ねた者にとっては懐かしく微笑ましいことだった。そう、恋にまつわる話だ。アトランタにこの上なく善良で魅力あふれる青年がいて、ミス・チェスターのことを、アトランタのだれよりも、いや、グリーンランドからパタゴニアまで探したって見つからないほど善良で魅力あふれる女性だと思っていた。ミス・チェスターは、泣きつづけた原因となった手紙をエイブラム神父に見せた。男らしく、愛情のこもった手紙であり、善良で魅力あふれる若者たちにありがちな、やや大げさで性急な表現が用いられ、いますぐ婚約してくれと求めていた。きみが休暇に出かけて三週間も会えなくて、人生は耐えがたいものだという。すぐに返事をくれ、いい返事をもらえたら、狭軌鉄道であろうとなんだろうとかまわないから、すぐにレイクランズへ飛んでいく、と記されていた。

「さて、これのどこが問題なのだろう」エイブラムは手紙を読み終えると尋ねた。

「この人と結婚できないんです」ミス・チェスターは言った。

「結婚したいのですか」

「ええ、この人を愛しています」ミス・チェスターは答えた。「でも――」うなだれて、また泣きはじめる。

「さあ、ローズさん。どうか打ち明けてください。こちらからは尋ねませんが、わたしを信じてもらえませんか」

「もちろん信じてますよ。だから、どうしてラルフの申し出をことわらなくちゃいけないか、お話しします。わたし、自分が何者なのか知らないんです。名前もなくて、いまの名は自分でそう呼んでるだけ。ラルフは立派な家柄の人です。心から愛していても、あの人の妻にはなれません」

「どうもよくわからないのだが」エイブラム神父は言った。「ご両親を覚えていると、前におっしゃいましたよね。それなのに、名前がないというのは？　どういうことでしょうか」

「たしかに両親の記憶はあります」ミス・チェスターは言った。「ありすぎるくらいにね。わたしの最初の記憶は、南部の奥のどこかで暮らしていたときのものです。州を越えていろんな町へ転々と移り住みました。わたしは綿摘みをしたり、工場でも働いたりしたけど、食べるものや着るものに困ることがよくありました。母はやさしいときもあったけど、父はいつもこわくて、わたしを叩《たた》きました。たぶん、ふたりとも怠け者で、一か所に落ち着けなかったんです。

アトランタ近くの川沿いの小さな町に住んでいたころ、ある夜、父と母が大喧嘩《おおげんか》をしました。お互いに罵《ののし》り合い、なじり合っていたときに、わたしは知ったんです――おああ、エイブラム神父さま、わたしにはなんの権利もないと知ってしまった――おわかりですか？　名前を持つ権利すらなかった。わたしはどこのだれでもなかったんです。

その夜、わたしは家を出ました。アトランタまで歩いていき、仕事を見つけました。ローズ・チェスターと名乗り、それ以来、自活してきました。これでおわかりになったでしょう、なぜラルフと結婚できないか――それに、なぜ理由を言えないかも」

ここでどんな同情よりもまさり、どんな憐《あわ》れみよりも役立つのは、そんなものは不幸のうちにはいらないと一蹴《いっしゅう》してやることだった。

「おや、なんだ、それだけのことですか」エイブラム神父はつづけた。「まったくねえ！　何か大きな問題が立ちはだかっているのかと思いましたよ。その立派な青年が仮にも男なら、家系のことなど、麦のかけらほども気にしないはずです。ローズさん、わたしの言うことを信じなさい、その青年が好きなのはあなた自身なんですから。いまわたしに話したように、ありのままに打ち明けるといい。そうすれば、その青年は笑い飛ばして、そんなあなたをますます愛《いと》しく思うようになりますよ」

「打ち明けるなんて、できません」ミス・チェスターは悲しげに言った。「あの人とは結婚できませんし、この先だれとも結婚しません。そんな権利がないんですから」

そのとき、長い影がひとつ、日のあたる道をひょこひょこのぼってくるのが見えた。すると、その横にもっと短い影が現れ、いっしょにこちらへ向かってくる。まもなく、このふたつの不思議な人影が教会に近づいた。長い影はオルガンの練習にやってきたフィービー・サマーズで、短い影は十二歳の少年トミー・ティーグだった。きょうはトミーがミス・フィービーのオルガンへ空気を送りこむ係で、はだしの足で意気揚々と道の土ぼこりを蹴立《けた》てていた。

ライラック模様の木綿のワンピースを着て、整《ととの》った巻き毛を両耳の横に垂らしたミス・フィービーは、エイブラム神父に向かって膝《ひざ》を曲げてお辞儀をしてから、ミス・チェスターにもその巻き毛を揺らして挨拶《あいさつ》した。そして、助手とともにパイプオルガンのある二階へと、急な階段をあがっていった。

濃くなっていく影に包まれるなか、エイブラム神父とミス・チェスターはその場を動かなかった。どちらも何も言わない。それぞれが自分の過去に思いをめぐらしているようだった。ミス・チェスターは片手を添えた顔を傾けてすわったまま、遠くを見据えていた。エイブラム神父は隣の信徒席で立ち、扉の向こうに見える道と打ち捨てられた田舎家とを感慨深そうにながめていた。

突然、その場の光景が一変し、エイブラムは二十年ほど前へ引きもどされた。というのは、トミーがオルガンへ空気を送りこみ、ミス・フィービーが空気量をたしかめようと鍵盤《けんばん》を押して低音を鳴らしたからだった。エイブラム神父にとって、教会はすでに消えていた。小さな木造の建物を震わせて深くとどろく音は、オルガンではなく水車の仕掛けが立てるうなりだった。上掛け水車がまわっているのをたしかに感じた。山の古い水車小屋で働く粉だらけで陽気な粉屋にもどっていた。もう夕暮れだから、まもなくアグレイアが道の向こうから得意げにやってきて、父を夕食に連れ帰ろうとするだろう。エイブラム神父の目は田舎家の壊れた扉を見つめていた。

すると、また不思議なことが起こった。頭上の回廊には小麦粉の袋がいくつも積み重ねられ、ずらりと並んでいた。そのひとつがネズミにかじられたのだろうか、いずれにせよ、深々としたオルガンの音に揺さぶられて、床の隙間からひと筋の小麦粉が流れ落ち、エイブラム神父を頭から爪先《つまさき》まで真っ白に覆いつくした。

老いた粉屋は通路へ踏み出し、両手を振って、あの粉屋の歌を口ずさみはじめた。

水車がまわる
小麦が挽《ひ》ける
陽気な粉屋は粉まみれ

——それから、奇跡の後半が起こった。ミス・チェスターが信徒席から身を乗り出して、粉のように白い顔で目を大きく見開き、白昼夢に包まれているかのようにエイブラム神父を見つめた。歌がはじまると両手を差し伸べた。唇が動く。そして夢のような声で呼びかけた。「父さん、ダムズをおうちへ連れてって！」

ミス・フィービーが低音の鍵盤から指を離した。しかし、すでに大仕事を終えていた。ミス・フィービーが放った音は、閉ざされた記憶の扉を打ち破った。そして、エイブラム神父は行方不明だったアグレイアを抱きしめた。

レイクランズへ出向く人は、さらにくわしい話を聞くことになるだろう。その後の顚末《てんまつ》や、九月のあの日、うろついていた流れ者に連れ去られたかわいらしい幼子がどのように過ごしてきたのかを、村の人たちが語ってくれるはずだ。もっとも、それを聞くのは、イーグル・ハウスの木陰のポーチにゆったりと腰かけてからがいい。そうすれば、くつろいで話に耳を傾けることができる。ここでは、ミス・フィービーが奏でる深い低音の余韻があるうちに、話を終えよう。

とはいえ、この話で最も美しいのは、暮れなずむ空のもと、エイブラム神父と娘がうれしさのあまり口もきけずにイーグル・ハウスへ歩いてもどる場面だろう。

「お父さま」娘はおずおずと言いにくそうに言った。「お父さまはたくさんお金を持っていらっしゃる？」

「たくさん？」エイブラムは言った。「まあ、考え方しだいだな。お月さまとか、そのくらい貴重なものでなければ、買える程度には持っているよ」

「とても高いのかしら」いつも小銭まで注意深く数えてきたアグレイアは尋ねた。

「アトランタへ電報を打つのは」

「ああ」エイブラム神父は小さく息を漏らして言った。「なるほど、ラルフに来てもらいたいんだね」

「待ってもらいたいんです」娘は言った。「ほんとうのお父さまを見つけたから、しばらくふたりだけで過ごしたい。だから、待っててちょうだいって、ラルフに言うんです」

運命の衝撃

The Shocks of Doom

ヴァランスは、大金持ちのおじの後ろ盾を失って、突然一文無しになってしまった。公園住まいとなる覚悟をしてマディソン・スクエア・パークのベンチにすわっていると、ひとりのホームレスが近づいてきて、奇妙な悩みを打ち明けはじめた――。

公園にも貴賤《きせん》の別が存在し、さらには、その公園を私的な住まいとして使うホームレスたちにもそれがある。そのことをヴァランスも知っていた、というより、感じていたにすぎないが、いざ自分がこれまでの階級から転落し、あてのない放浪の身になると、その足は一等地のマディソン・スクエア・パークへまっすぐ向かった。

女学生のように——それも、ひと昔前の女学生のように——生気に満ちて凛《りん》とした初々しい五月が、つぼみをつけた木々のあいだから冷ややかな息を吹きこんでいる。ヴァランスはコートのボタンを留め、最後の煙草に火をつけてベンチに腰をおろした。三分にわたって、最後の千ドルのうちの最後の百ドルのことをかすかに悔やんだ。最後に自動車を運転したとき、自転車に乗った警官に止められて払わされたのだった。すべてのポケットに手を突っこんでも、一セントも残っていない。住んでいた部屋はけさ引き払った。家具は借金の抵当になって消えた。いま着ている以外の服は、未払い給料のかわりとして使用人に譲った。友人にたかるか、だれかをだますかしないかぎり、この街のどこを探しても、寝床も焼きロブスターも路面電車代もボタン穴に差すカーネーションも手に入れることはできない。だから公園に来た。

というのも、おじから勘当され、これまでたっぷりもらっていた手当がなくなったからだ。ある女をめぐっておじに逆らったせいだが、彼女はこの物語に登場しない——だから、物事の根源までさかのぼりたい読者は、この先を読んでも意味があるまい。

別の血筋にもうひとりの甥《おい》がいる。かつては親族から好かれ、跡継ぎになると目されていたが、品位も将来性も欠けていたので、ずいぶん前に姿をくらましてしまった。ところが、いまはおじが懸命に手を尽くしてその甥を探し、社会復帰させて跡継ぎに据えなおそうとしている。そんなわけで、ヴァランスは奈落《ならく》の底まで身を落とした堕天使ルシファーさながらに転落し、この小さな公園でぼろ着をまとった幽霊たちの仲間入りと相成ったのだった。

硬いベンチにすわって上体を後ろにそらし、笑いながら煙草の煙を思いきり吐き出すと、木々の低い枝まで流れていった。人生を縛りつけていたすべてが突然断ち切られて、自由の身となったいま、胸が躍り、歓喜の声をあげたいほど心が高ぶっている。その快感は、気球乗りがパラシュートで降下し、気球を漂うままにして捨て去る気分とまったく同じだった。

十時になろうとしていた。ぼんやりベンチに坐《ざ》している者は多くはない。公園の住人は秋の涼しさには一歩も退かずに争うが、春の寒冷軍団の前線に攻めこむのは気が進まないようだった。

すると、水柱が立ちのぼる噴水の近くのベンチから、ひとりの男が立ちあがって近づき、ヴァランスの横に腰をおろした。若いのか年老いているのか、よくわからない。安い下宿屋の黴《かび》っぽいにおいがする。剃刀《かみそり》や櫛《くし》とは無縁らしく、体内に酒がたっぷり注がれて、悪魔の栓で封じこめられている。公園のベンチに住みついた者のお決まりの挨拶《あいさつ》として、男はマッチを求め、それから話をはじめた。

「ふだん見ねえ顔だな」男はヴァランスに言った。「仕立ての洋服は見りゃわかる。公園を通るついでに足を止めたんだろ。ちょっと話してもかまわねえか。だれかにいっしょにいてもらいたくてな。こわくてたまらねえんだ。このへんの連中二、三人にも話したけど、頭がおかしいって思われたよ。まあ――聞いてくれ――きょうのおれが食ったのは、プレッツェルふたつとリンゴ一個だけだ。あすのおれは三百万ドルを相続する。あそこに車が群がってるレストランが見えるけど、あれだって、おれがめしを食うには安すぎて釣り合わねえってわけだ。信じられるかい」

「まったく不思議じゃないさ」ヴァランスは笑って言った。「きのうのぼくはあの店でランチを食べた。今夜のぼくは五セントのコーヒーだって買えやしない」

「あんたはおれたちの仲間には見えねえけどな。まあ、よくあることかもな。おれだって、昔は羽振りがよかった――何年も前だがね。あんたはどうして道を踏みはずしたんだ」

「ああ――失業してね」ヴァランスは答えた。

「この街はまさに生き地獄だ」男は言った。「豪華な陶磁器《チャイナ》で食事をしたかと思うと、つぎの日には場末の中華料理屋《チャイナ》でチャプスイを食らうわけさ。これまでお釣りが来るくらい、ひでえ目に遭ってきたよ。この五年ものあいだ、物乞《ものご》い同然だった。もともとは裕福な家で育って、のうのうと暮らしてたんだよ。そう——だれかに聞いてもらいてえ——なんとしても聞いてもらいてえんだよ。こわくてたまらねえからさ。おれの名前はアイドっていう。リバーサイド・ドライブに住んでる大金持ちのポールディングじいさんがおれのおじだなんて言っても、信じられねえだろ。だけど、そうなんだ。昔はおじの家に住んでて、金に不自由したことなんてなかった。そうだ、二、三杯ひっかけてえんだが、金は持ってねえのか、あんた——名前は——」

「ドーソンだ」ヴァランスは答えた。「いや、すまないけど、金はあてにしないでくれ」

「この一週間ばかり、ディビジョン・ストリートにある地下の石炭倉庫を寝ぐらにしてたんだよ」アイドはつづけた。「〝まばたきモーリス〟って呼ばれてる野郎といっしょだった。ほかに行くところがなくてな。きょう外に出てたとき、ポケットに何かの紙を入れた男がおれを探しにきたんだ。刑事かと思ったから、しばらく待って、日が落ちてから帰ったよ。すると、そいつが置いてった手紙があった。それがな、ドーソン——なんと、街のど真ん中ででっかい法律事務所を構えてるミードって弁護士からだったんだ。アン・ストリートで看板を見たことがある。どうやら、ポールディングじいさんがおれにごくつぶしの甥っ子の役をやらせてえらしい——もう一度跡継ぎにしてやるから帰ってこい、金は使ってもかまわない、だとさ。あすの十時にその法律事務所へ行ったら、もとの暮らしに逆もどりってわけさ——三百万ドルの相続人だよ、ドーソン。年に一万ドルの小づかいもついてくる。だから——こわくてたまらねえんだ」

アイドは急に立ちあがり、震える両腕を頭上に振りあげた。息を止めたあと、われを忘れたようにうなり声を発する。

ヴァランスは男の腕をつかみ、押さえつけてベンチにすわらせた。

「静かにしろって」ヴァランスは苦々しい口調で命じた。「そんなふうでは、大金をなくしたのかと勘ちがいされるぞ。せっかくこれから手に入れようってのに。いったい何がこわいんだ」

アイドはベンチの上で体をすくめて震わせ、ヴァランスの袖《そで》にしがみついた。ブロードウェイのほの暗い街灯のもとでも、謎の恐怖に襲われたアイドの額一面に汗の粒が浮いているのが、勘当された立場にあるヴァランスの目からも見てとれた。

「だって、朝が来る前に、自分の身に何かが起こるんじゃねえかってな。どうなるかはわからねえけど——大金が手にはいらなくなるってことさ。木が頭の上に倒れてくるとか、辻《つじ》馬車に轢《ひ》かれるとか、屋根から石が転がり落ちるとか、そういうことだよ。これまで、そんなふうに感じたことはなかった。翌朝に食べ物にありつけるかわからねえ夜なんて、百回はあったさ。だけど、いつだって、この公園で彫像みたいにどっしり構えてたんだ。でも、今回はまったくちがう。そりゃあ、金は大好きさ、ドーソン——指のあいだから金がしたたり落ち、みんなおれに頭をさげ、おまけに音楽や花やかっこいい服に囲まれたら、神さまみたいな気分になれる。すっかり落ちこぼれたと自分でもわかってるうちは、どうだってよかった。ぼろぼろの服を着てここにすわり、腹を空かしたまま、噴水の音を聞いたり、通りを走る馬車を見たりしてるだけでも、じゅうぶんに楽しかったよ。けど、いまから——もうまもなく——金がまた手にはいるなら、十二時間も待つなんて無理だよ、ドーソン——我慢できねえ。五十もの何かがおれに降りかかるんじゃねえかって——目が見えなくなるとか——心臓発作に襲われるとか——世界の終わりが来るとか——」

アイドはまたも立ちあがり、甲高く叫んだ。ベンチにいた人々が驚いて、こちらを向く。ヴァランスはアイドの腕をとった。

「ちょっと歩こう」なだめるように言った。「落ち着くんだ。興奮したり、びくついたりしなくていいんだよ。何も起こりやしないさ。今夜もいつもと同じだ」

「ああ、そうだな」アイドは言った。「そばにいてくれねえか、ドーソン——あんたがいてくれてうれしいよ。少しいっしょに歩いてもらえねえか。こんなに取り乱したのは、はじめてだよ。ひでえ目にたくさん遭ってきたのにな。腹の足しになりそうなものを少しばかり調達してくれねえかな。どうもおれは参っちまって、物乞いもできそうにねえんだ」

ヴァランスは男を連れてほとんど人けのない五番街を歩き、三十何丁目通りかを西に進んで、ブロードウェイへ向かった。「ここでちょっと待っていてくれ」と言って、静かな暗がりにアイドを残した。なじみのホテルにはいり、長年の慣れた足どりでバーへ向かった。

「外に気の毒なやつがいるんだ、ジミー」バーテンダーに声をかけた。「腹が減ったと言っていて、実際にそう見える。そういう連中に金を与えたらどうなるかは知ってのとおりだ。サンドイッチをひとつかふたつ作ってやってくれないか。投げ捨てたりはさせないから」

「承知しました、ヴァランスさん」バーテンダーは言った。「ああいう連中のだれもが悪党ってわけじゃないでしょう。飢えた人間を見るのはいやなものですからね」

バーテンダーは気前よく施しの食事をこしらえ、ナプキンに包んだ。ヴァランスがそれを持ってもどると、アイドは飛びつき、むさぼるように食べた。「この一年、こんなうまいものにただでありつけたことなんてねえよ。あんたは食わねえのか、ドーソン」

「ぼくは腹が減っていない――ありがとう」

「マディソン・スクエア・パークへもどろう」アイドは言った。「あそこならおまわりも来ねえさ。このハムサンドの残りをとっておいて、あすの朝、食おう。これ以上食ったら、吐くかもしれねえ。胃痙攣《いけいれん》か何かで今夜のうちに死んじまって、大金に手をふれずじまいになるからな！　あの弁護士に会うまであと十一時間ある。おれから離れねえでくれよな、ドーソン。何かが起こりそうでこわいんだ。行くところなんてねえだろ？」

「ないさ」ヴァランスは答えた。「今夜行くあてなんてない。いっしょにベンチにいよう」

「ずいぶん落ち着いてるな」アイドは言った。「なんだか信じられねえぜ。たった一日でまともな勤め人からこんな暮らしに追いやられたら、ふつうなら髪をかきむしったりするだろうに」

「ぼくのほうこそ言わせてくれ」ヴァランスは笑いながら言った。「あすには大金を手に入れる男というのは、すっかり満足して幸せに浸ってると思ってたよ」

「おかしなものだよ」アイドは一考した。「人間がどうやって現実を受け止めるのかってのはな。ほら、ここがあんたのベンチだ、ドーソン。おれのすぐ横さ。ここなら明かりもまぶしくねえだろ。家にもどったら、おじに頼んで、あんたに仕事を紹介してくれそうな人に紹介状を書いてもらうよ。今夜はほんとうに助かった。あんたに会わなかったら、一夜を過ごすことなんてできなかったさ」

「それはどうも」ヴァランスは言った。「横になって寝ないのかい？　それとも、そうやってすわったまま眠るのか」

何時間ものあいだ、ヴァランスはほとんどまばたきもせず、木の枝のあいだから星を見つめ、南側のアスファルトの海を馬のひづめがはじく鋭い音に耳を澄ましていた。頭は冴《さ》えていたが、心は静かだった。あらゆる感情が消え失せたかのようだ。悔い、恐れ、苦しみ、悩みのどれひとつとして感じない。あの娘のことを思ってみても、はるか遠くに見えるどこかの星の住人であるかのように受け止められた。隣の友の滑稽《こっけい》なふるまいを思い出し、かすかに笑った。とはいえ、底抜けに楽しい気分ではなかった。やがて、毎朝の牛乳配達のワゴン隊がやってきて街を練り歩き、一帯を轟音《ごうおん》の渦に巻きこんだ。ヴァランスは窮屈なベンチで眠りに落ちた。

翌日の十時、ふたりはアン・ストリートにあるミード弁護士の事務所の前に立っていた。

その瞬間が近づくにつれ、アイドの神経がさらに参ってしまい、ヴァランスは迫りくる恐怖におののくアイドを置き去りにできずにいた。

ふたりが事務所へはいると、ミード弁護士は不思議そうに目を向けた。ミードはヴァランスの古くからの友人だった。ミードは挨拶《あいさつ》をしたあと、アイドのほうを向いた。アイドは目前に迫ったそのときを待ち受け、蒼白《そうはく》な顔で手脚を震わせて立ちすくんでいた。

「アイドさん、昨晩、あなたの住所に二通目の手紙を送りました」ミードは言った。

「あなたがご不在だったため、渡せなかったことを、わたしはけさ聞きました。その手紙には、あなたを後継者にもどすというポールディング氏のご意向が再度覆されたことが記されています。ポールディング氏はそのご意向を撤回なさったので、あなたとの関係に今後も変化がないことをご承知いただきたいとのことです」

アイドの震えが突如止まった。顔に血の気がよみがえり、背すじが伸びた。顎《あご》が一センチあがり、瞳《ひとみ》に光が宿る。よれよれの帽子を手でつかみ、もう一方の手を指先までしっかり伸ばして、弁護士に突きつけた。大きく息を吸い、皮肉っぽく笑う。

「ポールディングのじいさんに、地獄へ堕《お》ちやがれって言っといてくれ」大きな声できっぱり言い放ってきびすを返し、きびきびした力強い足どりで事務所を出ていった。

ミード弁護士はヴァランスに向きなおって、笑みを浮かべた。

「来てくれたとは好都合だ」愛想よく言った。「おじさまはきみに一刻でも早く帰ってもらいたいとのことだ。あまりに性急に事を進めてしまったことを反省なさり、すべてもとどおりにしたいと――

おい、アダムズ！」弁護士は話を止め、大声で秘書を呼んだ。「水を持ってこい――ヴァランスさんが失神した」

ラッパの響き

The Clarion Call

ニューヨーク市警のバーニー・ウッズ刑事は、二週間前の殺人事件の犯人と、街でばったり鉢合わせした。こともあろうに犯人は昔馴染《なじ》みで、千ドルもの借りがある。ウッズは、目の前の極悪人を逮捕できないジレンマに苦悶《くもん》するが、ふとあることを思いつく――。

この物語の半分は警察署の記録にあるが、残りの半分は、とある新聞社の業務部の奥におさめられている。

億万長者のノークロスが本人のアパートメントで強盗に殺害されているのが発見されて、二週間が経ったある午後、ブロードウェイを平然とぶらついていた殺害犯がバーニー・ウッズ刑事と鉢合わせした。

「おまえ、ジョニー・カーナンだな」ウッズが尋ねた。ここ五年ほど、表向きは近眼ということになっていた。

「ちげえねえ」カーナンが威勢よく答えた。「バーニー・ウッズじゃねえか、懐かしのセント・ジョー市の！　ちゃんとその顔を拝ませろよ！　東部で何やってんだ？　野菜でも売りにはるばる来たのか」

「数年前からニューヨークにいるんだ」ウッズは言った。「ここの市警で働いてる」

「そうか、そうか！」そう言って、カーナンは顔をほころばせながら息を大きく吸い、刑事の腕を軽く叩《たた》いた。

「〈マラーズ〉へ行かねえか」ウッズは言った。「静かなテーブルを見つけよう。おまえと話したいことがちょっとあってな」

四時少し前だった。まだ街の人通りは減っていないが、カフェの隅に静かな席をとった。身なりがよく、やや不遜《ふそん》な態度で自信に満ちたカーナンは、小柄な刑事の向かいにすわった。刑事は薄茶色の口ひげを蓄えて斜視気味で、チェヴィオット織の既製服を着ている。

「仕事はどうしてるんだ」ウッズが尋ねた。「わたしよりも一年早くセント・ジョーから出たんだったな」

「銅山の株の売買をやってる」カーナンは答えた。「ここらにオフィスを置くかもしれねえんだ。しかしなあ！　あのバーニーがニューヨークの刑事とはね。あんた、昔からその気があったよな。おれがいなくなってからセント・ジョーでも、おまわりをやってたんだろ」

「六か月間な」ウッズは言った。「もうひとつ質問だ、ジョニー。サラトガのホテルでの一件以来、おまえの記録を細かく追ってたんだが、銃まで使うとは知らなかったよ。ノークロスを殺したのはなぜだ」

カーナンはしばらくハイボールのなかのレモン片に目を注いでいたが、刑事を見やり、急に顔をゆがめて妙に明るい笑みを浮かべた。

「なんでわかったんだ、バーニー」感心して尋ねた。「むいたタマネギみたいに、きれいさっぱりやったつもりだったのによ。どっかに糸切れでも引っかけてたか」

ウッズは、時計の鎖に飾りでつける小さな金の鉛筆をテーブルの上に置いた。

「セント・ジョーでの最後のクリスマスに、おまえにやったものだ。おまえがくれたひげ剃《そ》り用のマグもまだ持ってるよ。ノークロスの部屋に敷いてあった絨毯《じゅうたん》の端をめくったら、この鉛筆が見つかったのさ。発言には気をつけろよ。おまえがやったことはわかってるよ、ジョニー。たしかにわれわれは古い友だが、わたしには職務がある。おまえはノークロスの件で電気椅子行きだ」

カーナンが笑った。

「おれはついてるぜ」カーナンは言う。「追ってたのが仲間のバーニーだなんて、だれが思うかよ！」片方の手をコートのなかに忍ばせる。

つぎの瞬間、ウッズは相手の脇腹にリボルバーを突きつけていた。

「どけろよ」カーナンはそう言って鼻に皺《しわ》を寄せた。「ちょっとたしかめてみただけさ。仕立て屋は九人で一人前とはよく言ったもんだが、服を直すにはひとりでじゅうぶんだ。ヴェストのポケットに穴があいてやがる。取っ組み合いになるかもしれねえって、鉛筆はチェーンからはずしてここに入れといたんだけどな。銃を置けよ、バーニー。そうすりゃ、なんでノークロスを撃ったか話してやるって。あのくそじじい、廊下を追っかけてきて、いきなりしょぼい二二口径でおれのコートの背についたボタンを撃ってきやがったから、くたばらせるしかなかったわけさ。老いぼれの女房のほうはかわいいもんだったよ。ベッドに寝たまま、一万二千ドルのダイヤのネックレスが奪われるのを、泣き言のひとつも言わずに見てたんだからな。ところが、ガーネットがついた三ドルくらいのちゃちな金の指輪は返してちょうだいって、物乞《ものご》いみたいにすがってきやがった。どうせノークロスと結婚したのも金目当てだったんだろうよ。女ってのは、昔の男からもらったちんけな飾りもんにこだわったりするのかね？　指輪が六つにブローチがふたつ、それに豪勢な帯飾りつきの時計だ。締めて一万五千ドルってとこかな」

「口に気をつけろと言ったろ」ウッズは言った。

「ああ、かまわねえって。どれもホテルにあるおれのスーツケースのなかさ。なんでしゃべるのか、教えてやろうか。安全だからだよ。話してる相手がよく知ってるやつだからだ。おれに千ドルの借りがあるよな、バーニー・ウッズ。だから、たとえおれを捕まえたくたって、あんたは手出しができねえんだよ」

「そのことは忘れてない。おまえは何も言わずに五十ドル札を二十枚出してくれた。いつか返すつもりだ。わたしはあの千ドルに救われたし、それに――ああ、あいつらときたら、こっちが家に帰ったときにはもう歩道に家具を積みあげてたんだ」

「やっぱりな。あんたはどこまでもバーニー・ウッズだ。くそがつくぐらいの正直者で、紳士らしくふるまわなきゃならねえし、自分が借りのある男を捕まえるなんて無理なのさ。ああ、おれは仕事柄、イェール錠や窓の締め具と同じように人間も研究してるもんでね。そんじゃ、だまっててくれよ、ウェイターを呼ぶからな。ここ一、二年ずっと、喉《のど》が渇いてしかたねえ。おれを捕らえたつもりなら、ラッキーな刑事さんはその栄誉を古い仲間と酒で分かち合わなきゃな。もっとも、おれは仕事中に酒は飲まねえ。ひと仕事終わったから、旧友バーニーと思う存分酒を酌み交わせるってわけだ。あんたは何にする？」

ウェイターがやってきて小さなデキャンターとサイフォンを置き、また去っていった。

「おまえの言うとおりだ」ウッズはそう言って、物思いにふけりながら人差し指で小さな金の鉛筆を転がした。「見逃してやるさ。わたしには手出しできない。あの金を返してさえいれば――でも返さなかったから、お手あげだ。とんだへまをやらかしたよ、ジョニー。しかし、どうにもならない。おまえは一度、わたしを助けてくれた、だから、お返しをせざるをえない」

「そうとも」グラスを掲げてそう言うカーナンの顔は上気し、うぬぼれた笑みを浮かべている。「おれには人間がわかるのさ。バーニーに乾杯しよう――〝こいつは陽気でいいやつだから〟（祝いの場でよく歌われる曲の歌詞）ってな」

「信じられない」考えを口に出すように、ウッズは静かにつづけた。「その貸し借りがなければ、ニューヨークじゅうの銀行にある全額を積まれたって、今夜おまえを逃がさないのに」

「できっこねえな」カーナンは言った。「だからわかってたのさ、あんたがいりゃ安全だってな」

「人はたいがい」刑事はさらにつづけた。「わたしの仕事を見くだす。芸術家や専門職と同列には扱わないんだ。それでも、わたしはいつだって仕事にばかばかしいほどの誇りを持ってきた。しかし、これでは一巻の終わりだよ。わたしは警察官である前にひとりの人間だ。おまえのことは見逃すしかないし、わたしは警察も辞めるしかない。宅配車の運転でもできればよいがね。おまえの千ドルはいっそう遠のいたぞ、ジョニー」

「どうぞ、かまわんさ」カーナンは悠然と言った。「なんなら帳消しにしてやったっていいが、納得しねえだろうな。あんたが金を借りた日がおれの幸運の日だったわけだ。さて、この話はしまいにしようや。おれは朝の列車で西へ発《た》つぜ。あっちでノークロスの宝石を金に換えられる場所を知ってんだ。飲んじまえよ、バーニー、そんで面倒は忘れな。おれたちゃ、警察が事件のことで必死こいてるときに楽しい時間を過ごすんだからよ。今夜はサハラ砂漠みてえに喉がからからだぜ。だけど、おれは捕らわれてるんだったな――警察の手じゃなくて――古い仲間のバーニーの手のなかにな。おまわりのことなんて、もう夢に見ることもねえ」

こうしてカーナンは呼び鈴を鳴らしつづけてウェイターをこき使い、この男の弱みである途方もない虚栄心と肥大した利己心が姿を見せはじめた。カーナンが盗みの成功談や巧妙な計画や恥ずべき罪の数々を並べ立てたので、あらゆる悪党を知りつくしたウッズでさえ、過去に恩義のあるこの極悪人に対しては、冷たい憎悪が胸中で募っていくのを感じた。

「たしかに、わたしにはどうにもできない」ようやくウッズは口を開く。「だが、しばらくは目立たないようにするよう忠告しておくぞ。新聞がこのノークロスの事件を取りあげるかもしれない。今年の夏はそこらじゅうで強盗や殺人が起こってるからな」

それを聞いた途端、カーナンは憤然と恩讐《おんしゅう》の怒りに燃えあがった。

「新聞なんぞ、くそ食らえだ」荒々しい声で言う。「でけえ字で、でたらめ出まかせでっちあげるだけだろ？　事件を取りあげるって――それがどうした？　警察だって造作なくちょろまかせるのに、新聞屋に何ができる？　まぬけな記者を現場にわんさか送りこんだところで、やれることと言ったら、酒場に行ってビール飲んで、バーテンダーのいちばん上の娘にドレス着せて写真でも撮って、それを十階の若え野郎の婚約者だとかなんとか書いて載せるんだろ。で、その野郎に、殺人のあった夜に下の階から変な音が聞こえましたとか言わせるんだ。この泥棒さまを追い詰めるったって、新聞屋にできるのはそのぐらいさ」

「さあ、どうだろうな」ウッズは思案した。「そういうことなら、いい仕事をしてきた新聞だってあるぞ。たとえば《モーニング・マーズ》紙がそうだ。ふたつ三つの手がかりを追いかけて、警察が事件を投げ出したあとで、犯人を突き止めたんだからな」

「見せてやるよ」カーナンは立ちあがって、ぐっと胸を張った。「おれが新聞のやつらをどう思ってるかをな。特にあんたの大好きな《モーニング・マーズ》を」

テーブルから一メートルほど離れたところに電話ボックスがあった。カーナンはそのなかへはいり、ドアをあけっ放しにして腰かけた。電話帳に番号を見つけて受話器をとり、交換手を呼び出す。ウッズはすわったままで、送話器のそばで待つ男の蔑《さげす》むような冷酷で抜け目のない顔を見つめながら、嘲笑《ちょうしょう》の形にゆがんだ薄く残忍な唇から発されることばを聞き漏らすまいとしていた。

「《モーニング・マーズ》か？……編集長と話したいんだが……。まあ、いいから、ノークロスの殺しのことで話したがってるやつがいるって伝えろよ。

あんたが編集長？……よーし……おれがノークロスを殺したんだ……待てよ！　切るなって。ただのいたずら電話じゃねえんだ……。ああ、危ないことなんてなんにもねえ。刑事やってる昔のダチといままで話してたのさ。あすから数えて二週間前の午前二時半にあのじいさんを殺したんだ……。酒でも一杯やるかい？　それじゃ、この話をあんたのとこの漫画描きに伝えたらどうだ。からかわれてるのか、とろくて情けねえブン屋のあんたらが見たこともないようなでけえスクープを嚙《か》まされてるのか、どっちだかわかるか？……ああ、そう、半端なスクープだ——名前や住所を明かせなんて虫がよすぎるぜ……。なんでかって！　ああ、そりゃあ、あんたらは警察も参っちまうような難事件の解決が得意だって聞いたからな……。いや、それだけじゃねえ。言っとくが、てめえら腐った嘘つきの安物新聞の分際で、頭の切れる殺人犯や追い剝《は》ぎを追いかけようなんて無理な話だし、目隠ししたプードルがやるのと変わらねえぜ……。なんだって？……おうおう、ライバル紙のデスクじゃねえって、信じろよ。ノークロスを片づけたのはおれで、宝石はスーツケースにしまってある——〝市内の某ホテル〟にな——わかるだろ、そういう言い方。そうだろうよ。あんたら、よく使ってるもんな。なあ、びびってんだろ。権利と正義と善政を掲げたてめえらの強大無比の組織に、わけのわからねえ悪党が電話をかけてきて、役立たずの大ぼら吹き呼ばわりしてるんだからな……。そいつはやめとけ、そこまでばかじゃねえだろ——おい、おれを食わせ者だと思ってやがるな、声でわかるんだよ……。いいか、よく聞け、証明する手がかりをくれてやるからよ。もちろん、あんたら、この殺しも、おめでたいのろまな青二才どもに調べさせてるんだろ。ところで、ノークロスの女房だが、寝間着の二番目のボタンが半分欠けてたよ。ガーネットの指輪をはずしたときに見たのさ。ルビーだと思ったんだがな……。おい、やめろ！　そんなことしたって無駄だぞ」

カーナンは悪魔の笑顔でウッズのほうを振り向いた。

「驚かせてやったぜ。すっかり信じてやがる。こいつ、送話器をちゃんと手で覆わずに、別の電話でだれかに交換手を呼ばせて、こっちの番号を調べようとしやがった。もう一発からかってから、ずらかってやろう。

もしもし!……おう、まだつながってるよ。そんなちんけな二枚舌ぼろくず新聞から逃げるわけねえだろ?……四十八時間以内におれを捕まえる? おい、冗談はほどほどにしろ。大人の世界にくちばしを突っこむのはやめて、ままごとに集中したらどうだ。離婚やら交通事故やらを漁《あさ》ったり、醜聞や破廉恥話を刷ったりして、金を稼いでろよ。じゃあな、おっさん——悪いけど、あんたを訪ねてる暇はねえんだ。てめえら抜け作どもの聖域にいりゃあ、安全だろうけどな。あばよ!」

受話器を置き、ボックスから出てきたカーナンは言った。「こいつ、ネズミを逃した猫みたいに、頭にきてやがったよ。じゃあ、わが友バーニー、ショーでも観にいって、寝る頃合まで楽しく過ごそうじゃねえか。おれは四時間も眠れりゃいいさ。それから西に向かう」

ふたりはブロードウェイのレストランで食事をした。カーナンはご満悦だった。散財のしかたときたら、物語に出てくる王子のようだった。その後、ふたりとも奇妙で豪華なミュージカル喜劇に心を奪われた。それからステーキハウスでシャンパンとともに遅めの夕食をとり、カーナンは天にものぼる気分になっていた。

午前三時半、ふたりは深夜営業のカフェの片隅にいて、カーナンはなおも退屈な自慢話をとりとめもなくつづけていた。ウッズは自分が法の執行者として使い物にならなかったことを思い悩んでいた。

だが、考えているうちに、ウッズの目で思索の光が輝いた。

「これならうまくいくかもな」心のなかでつぶやく。「うまくいくかも！」

そのとき、カフェの外の早朝らしい静けさが、蛍火を思わせる弱く不たしかな叫びによって突き破られた。徐々に大きくなっていくもの、小さくなっていくものもあれば、牛乳配達のワゴンやまばらな車の音に混じって強弱を変えるものもある。近くに来ると耳をつんざく叫びとなる――大都市でまどろむ何百万人もの耳へ、起き抜けにさまざまな意味を届けるおなじみの叫びだ。それらは小さいが意義深い叫びで、世界の憎しみや笑い、喜びや重圧を伝える。夜のはかない帳《とばり》に守られて縮こまる者にとっては、おぞましくまばゆい一日をもたらし、幸福の眠りに包まれる者にとっては、暗黒の夜よりもさらに色濃い朝の到来を告げる。富める者の多くにとっては、星のまたたく間に手にしていたものを一掃する箒《ほうき》をもたらし、貧しき者のもとに届くのは――

つぎの一日だ。

町じゅうで叫び声が鋭く高らかに沸き起こるなか、時の機械の歯車がひとつ動いて新たな機会が生まれ、運命に身をまかせて眠る人々のもとに、カレンダーの新しい数字が復讐《ふくしゅう》や利益や悲しみや報酬や破滅を分け与えていく。叫びは甲高くも悲しげで、たくさんの悪とわずかな善を持て余すふがいなさを幼い声が嘆くかのようだ。かくして、神々の最も新しい声を届けるべく、救いのない街角にこだまするのは、新聞配達人たちの叫び――新聞ラッパの響きだった。

ウッズはウェイターに十セント硬貨を一枚はじいて言った。

「《モーニング・マーズ》を頼む」

新聞が届くと一面をちらりとながめ、メモ帳からページを一枚破って、小さな金の鉛筆で何かを書きはじめた。

「何があったって？」カーナンがあくび混じりで言う。

ウッズがよこした紙片にはこのように書いてあった。

《ニューヨーク・モーニング・マーズ》紙御中

ジョン・カーナンの名義宛に、彼の逮捕と有罪判決によってわたしに渡る千ドルの懸賞金を送ってください。

バーナード・ウッズ

「連中ならこの手で来るんじゃないかと思ってたよ」ウッズが言った。「おまえにぼろくそに言われたお返しに、懸賞金をかけるだろうってな。さあジョニー、わたしといっしょに署まで来てもらおうか」

ジェフ・ピーターズの人間磁気

Jeff Peters as a Personal Magnet

ジェフ・ピーターズは、ありとあらゆる手口で金儲《かねもう》けをする手練《てだ》れの詐欺師だった。
行商で怪しげな薬を売り歩いていたころ、アーカンソー州のとある町に流れつき、
そこでちょっとしたヤマに出会って、賭《か》けてみることにしたが——。

ジェフ・ピーターズがこれまでにかかわった金儲けの手口は、サウスカロライナ州チャールストンの米料理のレシピに負けないくらいたくさんある。

ジェフから聞いたなかで、わたしがいちばん気に入っているのは、若いころ、街角で塗り薬や咳止め《せきど》め薬を売りながら、食べるのもやっとのなかで人々と腹を割って付き合い、コイントスの最後の一枚に運命を賭けていた時期のこんな話だ。ジェフはこう語った――

おれがアーカンソー州のフィッシャー・ヒルにたどり着いたときは、鹿革の服にモカシン靴って恰好《かっこう》で、髪を長く伸ばし、テキサカーナで役者からせしめた三十カラットのダイヤの指輪をはめていた。ポケットナイフと交換したんだが、相手はいったい何に使ったんだろうな。

おれは高名なる先住民の呪術医《じゅじゅつい》、ドクター・ウォーフーと名乗っていた。ちょうどそのころ、よく売れる品がひとつだけあって、それは〝苦味《にがみ》強壮薬〟だった。滋養に富む植物と薬草から作られたもので、チョクトー族の長《おさ》の美しい妻タクアラが、年に一度のトウモロコシ祭りに向けて、犬の蒸し焼き料理に添える野草を摘んでいるとき、たまたま見つけたって話だったよ。

前の町での商売がうまくいかなくて、懐には五ドルしかなかった。フィッシャー・

ヒルの薬屋へ行って、八オンスの瓶とコルク栓を六ダースずつ、掛け売りで手に入れた。ラベルと原料は、前の町の残りがまだ鞄《かばん》にあった。宿をとり、部屋で蛇口から水を注いで、テーブルに苦味強壮薬を何ダースもずらりと並べると、人生がまたバラ色に見えてきた。

まがいものかって？ そんなことはない。六ダースのなかにキナ皮のエキスが二ドルぶんと、アニリンが十セントぶんもはいってたんだから。何年かあとに町を通ったときには、また売ってくれとみんなからせがまれたもんさ。

その夜、荷車を借りて、目抜き通りでさっそく強壮薬を売りはじめた。フィッシャー・ヒルは低地で、マラリアに罹《かか》りやすい町だから、集まった客には、〝肺臓心臓抗解血性合成疑似強壮薬〟が欠かせないと見立ててやった。強壮薬は、野菜ばかりの夕食に出された子牛の胸腺《きょうせん》のトースト載せみたいに、どんどん売れていった。一本五十セントで二ダース売れたころ、上着の後ろの裾《すそ》をだれかが引っ張ってるのに気づいた。どういうことか見当がついたから、荷台からおりて、襟に洋銀の星章をつけた男に、五ドル札をこっそり握らせた。

「巡査殿、気持ちのいい夜ですな」おれは言う。

「薬と称していかがわしいものを売っとるようだが、市の許可証はあるのか」巡査が尋ねる。

「いえ、持ってません。ここが市だってことも知りませんでした。あすにでも役場を探して、必要なら許可証をもらいますよ」

「それまでは営業しちゃいかん」巡査は言う。

おれは売るのをあきらめ、宿へ引きあげた。宿の主人に事のしだいを話した。

「まあ、フィッシャー・ヒルでは無理でしょう」主人は言う。「ここには医者はひとりしかいないんですが、そのドクター・ホスキンズは市長の義理の弟でしてね。この町で怪しげな医者の営業は認められんでしょう」

「医者をやろうってわけじゃない。州の行商許可はもらってるから、必要なら市の許可をもらうってだけの話さ」

翌朝、役場へ出向いたが、市長はまだ来ていなかった。いつ来るのかもわからないという。ドクター・ウォーフーはしかたなく宿にもどり、椅子に腰かけながら、ダチュラの高級葉巻を吸って待つことにした。

しばらくすると、青いネクタイをした若い男が隣の椅子に静かに腰をおろし、時間を尋ねてきた。

「十時半だ」おれは言う。「あんた、アンディ・タッカーだな。前に仕事ぶりを見させてもらったよ。南部の州で〈すばらしきキューピッドの詰め合わせ〉を売ってまわってたろう。たしか、チリ産のダイヤの婚約指輪と結婚指輪に、ポテトマッシャーに、瓶入りの鎮痛シロップ、それにドロシー・ヴァーノンの小説までつけて――全部で五十セントだったよな」

覚えていたと聞いて、アンディは喜んだ。こいつはなかなか腕の立つ、いや、できすぎと言っていいほどの行商人で――自分の仕事に誇りを持ち、三百パーセントの儲《もう》けで満足していた。怪しげな薬や園芸用の種の商いをやらないかと何度も誘われたが、自分がこれと決めた道からはぜったいにはずれなかった。

おれは相棒がほしかったから、アンディといっしょに仕事をすることにした。フィッシャー・ヒルの町の事情を説明し、政治家と医者がつるんでるせいで利が薄そうだと伝えた。アンディはその日の朝、ここに列車で着いたばかりだった。やつも懐がさびしかったもので、新しい戦艦を建造するためにユリーカスプリングスで公募債を発行していると言って、町じゅうで数ドルずつ集めてまわろうとしていた。おれたちは外へ出て、ポーチにすわって話しこんだ。

翌朝の十一時、ひとりでそこに腰かけていると、黒人が足を引きずりながら宿にはいってきて、お医者さまにバンクス判事を診に来てもらいたいんです、と頼んできた。どうやらバンクスというのは市長でもあり、ずいぶん具合が悪いらしい。

「わたしは医者じゃない。ちゃんとした医者を呼びに行ったらどうだ」

「大将」黒人は言う。「ホスキンズ先生は、三十キロも先の田舎へ病人を診にいっちまったんです。お医者さまは町にひとりなのに、バンクスさまはもうひどい容体でして。それで、先生にぜひ来てもらおうって、あたしをよこしたわけです」

「では、ひとりの人間として、出向いて様子を見させてもらおう」おれはポケットに苦味強壮薬をひと瓶入れ、市長の屋敷がある坂をのぼっていった。町いちばんの豪邸はマンサード屋根が載っていて、芝生には鋳鉄の犬の像が二体あった。

バンクス市長はベッドにもぐりこんでいて、頰ひげと足先だけが見えた。ひどいうなり声をあげていて、サンフランシスコ市民が聞いたら、大地震と思って公園へ全員が避難してしまいそうだった。ベッド脇には、若い男が水のはいったカップを持って立っている。

「先生」市長が言う。「どうにもひどい具合でしてな。もう死にそうです。なんとかしてくださらんか」

「市長、わたしは医術の神エスキュラなんちゃらの真っ当な弟子となる身じゃありません。医学校の講義を受けてないんです。ただ、ひとりの人間として、何かお力になれないかと思って参りました」

「心から感謝しますよ、ウォーフー先生。これは甥《おい》のビドルです。痛みを和らげようとしてくれたんだが、いっこうに効かん。ああ、だめだ、苦しい！」市長は悲鳴をあげる。

おれはミスター・ビドルに会釈をしてから、ベッドの横に腰をおろし、市長の脈をとった。「まず肝臓をたしかめましょう――ええ、そう、舌を出してください」それから相手の瞼《まぶた》をめくって、瞳孔《どうこう》をのぞきこむ。「いつから具合が悪いんですか」

「寝こんだのは――あいたたた――ゆうべからです。なんとかしてください、先生、頼みます」市長は言う。

「ミスター・フィドル、窓の日よけをちょっとあげてもらえるかな」おれは言う。

「ビドルです」若者は言う。「ハムエッグなら食べられそうですか、ジェイムズおじさん」

おれは市長の右の肩甲骨に耳をあて、音を聞きながら言った。「市長、右の鍵盤《けんばん》鎖骨が大火事並みの炎症を起こしていますよ！」

「なんですと！」市長はうめく。「塗り薬か貼り薬か、何かありませんか」

おれは帽子を手にとり、ドアのほうへ帰りかける。

「どちらへ行かれるんです、先生」市長はわめくように言う。「もしやこのままお帰りになって、この――円盤坐骨をほうっておくつもりですか。わたしは死んでしまう」

「ひとりの人間としてお越しなら」ミスター・ビドルが言う。「苦しむ同胞を見捨てるなんてできないはずですよ、ドクター・ウォッホ」

「ドクター・ウォーフーだ。ゴリラじゃない」おれはベッド脇にもどり、長い髪を掻《か》きあげる。「市長、助かる手立てはひとつだけです。こいつは薬ではどうにもなりません。効く薬もあるでしょうが、それよりはるかに強力なものがあります」

「それはなんでしょうか」市長は言う。

「科学に基づく意思表明ですよ。心はサルサパリラ強壮剤にまさります。痛みや病気なんてものは、気分の悪いときに心に生じるんですから、そもそもそんなものは存在しないと強く信じればいい。いまからでも遅くはないので、そう宣言するんです。意思を表明しましょう」

「そのサルパサパサなんたらというのはなんでしょうか。先生は社会主義者か何かですか」

「いま話してるのは、心霊詐術、いや、手術の大原則のことでしてね。錯覚だの髄膜炎だのを遠隔地から潜在意識下で治療する最新の学派のもので――その驚くべき体内運動は人間磁気と呼ばれています」

「先生はその治療がおできになると？」市長は尋ねる。

「ええ、わたしはその教団の唯一絶対最高法院と誇大広報部の一員ですから。ひとたびこの手をかざせば、足の悪い者はしゃべり、目の見えない者は首を伸ばします。わたしは霊媒師であり、超絶技巧催眠術師であり、酒精的《スピリチュアス》、いえ、精神的《スピリチュアル》支配霊なのです。先ごろアナーバーでおこなわれた降霊会では、霊媒としてビネガー・ビターズ社の亡き社長をこの世に呼びもどし、妹さんのジェーン嬢と交流なさる手助けをいたしました。わたしは街角で貧者たちに薬を売っておりますが、人間磁気の術はおこないません。金《ダスト》のないやつらに塵《ダスト》まみれにされたくはないですから」

「わたしは治療していただけるのでしょうか」市長は尋ねる。

「まあ、聞いてください」おれは言う。「どこへ行っても、医者の連中とはずいぶん揉《も》めてきましたんでね。医療はおこないません。でも、あなたの命を救うために、心理療法を施しましょう。ただし、許可証のことはとやかく言わないということを、市長として約束してもらいたい」

「もちろんですとも」市長は言う。「さあ、はじめてください、先生。また痛みがぶり返してきました」

「費用は二百五十ドル、二回で完治すると保証します」

「わかりました」市長が言う。「お支払いしましょう。この命にもその程度の価値はあるはずだ」

おれはベッドの脇に腰をおろし、市長の目をまっすぐ見据えた。

「さあ、病気のことを頭から消し去ってください。あなたは病気じゃない。心臓も鎖骨も尺骨も脳みそも、どこにもない。だからなんの痛みも感じない。思いちがいだったと宣言するのです。どうです、ありもしなかった痛みが消えていくのがわかるでしょう」

「いくらか楽になった気がしますよ、先生」市長は言う。「ああ、たしかにそうだ。こんどはこっちの左側も、腫《は》れなどないとちょっと唱えてくださらんか。そうすれば、起きあがってソーセージとソバ粉のパンケーキぐらいは食べられそうだ」

おれは何度か手をかざした。

「さあ、炎症はもうありません。右の肝臓の腫れがなくなりましたよ。だんだん眠くなります。もう目をあけていられません。ひとまず病気を抑えこみました。はい、あなたはもう眠っています」

市長はゆっくりと目を閉じ、いびきをかきだした。

「ご覧なさい、ミスター・ティドル。現代科学の驚異を」

「ビドルです。残りの治療はいつになるでしょうか、ドクター・プープー」

「ウォーフーだ。あすの十一時にまた来よう。おじさんが目を覚ましたら、テレビン油を八滴垂らしたステーキを一キロ半ばかり出してあげなさい。では、ごきげんよう」

翌朝、時間どおりにそこへもどった。「やあ、ミスター・リドル」と声をかけ、寝室のドアをあけてもらう。「おじさんの具合はどうだね」

「ずいぶんよくなったようです」若者は言った。

市長の顔色はよく、脈も正常だった。二度目の治療を終えると、市長は痛みがすっかり消えたと言った。

「そう、あと一日か二日ベッドで安静にしていれば、だいじょうぶでしょう。わたしがたまたまフィッシャー・ヒルにいてよかった。ふつうの医者が方処する薬では助からなかったでしょう。さて、思いちがいが解消し、偽りの痛みだったとわかったところで、もっと楽しい話——治療費の二百五十ドルのことでも話しましょう。小切手は勘弁してくださいよ。裏書きするのは、表に書くのと同じくらい大きらいなもんで」

「現金ならここにある」市長はそう言って、枕の下から札入れを引っ張り出した。

市長は五十ドル札を五枚数え、それを手に持った。

「領収書を持ってきてくれ」とビドルに命じる。

おれは領収書にサインして、市長から金を受けとった。内ポケットにしっかりとおさめる。

「さあ、あんたの出番だぞ」そう言って、にやりと笑った市長は、まったく病人に見えなかった。

ビドルがおれの腕に手をかけた。

「おまえの身柄を拘束する」ビドルは言う。「ドクター・ウォーフーことジェフ・ピーターズ、無許可の医療行為で州法に違反した容疑だ」

「おい、何者だ」おれは尋ねる。

「わたしが教えてやろう」市長がベッドで体を起こして言う。「この人は州の医師会から依頼を受けた探偵だ。おまえを追って五つの郡をめぐってきた。きのうここに来て、ふたりでこうしておまえを捕まえる計画を練りあげたんだ。この界隈《かいわい》では二度と医者の真似事はできんぞ、いんちき霊媒師め。わたしも飲まされたあの薬はなんだったかな、先生。合成なんとかと言ってたが――まあ、脳を柔らかくするものではなかったようだ」市長は笑う。

「探偵か」おれは言う。

「そのとおり」ビドルが言う。「これから保安官に引き渡す」

「お手並み拝見といこう」おれはそう言い、ビドルの喉《のど》をつかんで体を窓から半分ほど押し出したが、相手が銃を引き抜いて顎《あご》に突きつけてきたので、おとなしくした。手錠をかけられ、ポケットの金もとられた。

「確認しました」ビドルが言う。「いっしょに印をつけた紙幣にまちがいありません、バンクス市長。保安官事務所に着いたら、いっしょに渡します。こちらに受領証が届くでしょう。事件の証拠品に使われますので」

「承知した、ミスター・ビドル」市長は言う。「さてと、ウォーフー先生、見せてもらいましょうか。人間磁気とやらを封じこめた瓶の栓を歯で引き抜いて、魔法で手錠をはずすところを」

「行こうか、探偵さん」おれは悠々と言った。「そうするほかなさそうだ」老いぼれ市長に向けて、鎖を鳴らす。「市長さん、いまに人間磁気の威力を思い知るときがやってきますよ。こんどとも効果はあったんだとね」

そう、効果はあった。

門のそばまで来てから、おれは言った。「人目につくかもしれない、アンディ。そろそろこいつをはずしてくれ。それから――」

えっ？　そう、もちろん探偵はアンディ・タッカーだ。あいつが仕組んだんだ。こうしておれたちは、いっしょに仕事をはじめる元手を得たってわけさ。

運命の道　Roads of Destiny

王朝期のフランス。とある村に、ダヴィド・ミニョという名の若い羊飼いがいた。
ダヴィドは詩人として名を成すことを夢見て、ある夜、恋人を残し村をあとにした。
しばらく行くと、T字路に行きあたった。左か、右か、いま来た道をもどるのか。
それが運命の分かれ道とも知らずに――。

運命を探して
ぼくは数々の道を行く
真の心、強き心、光への愛――
そういうものは
運命を定め、遠ざけ、操り、形作る戦いで
ぼくを支えてくれるのか

ダヴィド・ミニョの未発表の詩

歌が終わった。ダヴィドが書いた詩を、この土地のなじみの曲に乗せたものだ。酒場のテーブルを囲んでいた人々は盛大な拍手を送った。その若い詩人がワイン代を払ってくれたからだ。公証人のパピノー氏だけは、その詩に対して首を少し横に振った。パピノー氏は教養人であり、ほかの連中といっしょに飲んではいなかったからだ。

ダヴィドは村の通りへ出た。夜気がワインの酔いを頭から追い払った。すると、その日イヴォンヌと喧嘩《けんか》をしたことや、名声と栄誉を手に入れるために、今夜のうちに外の広い世界へ飛び出そうと決めていたことを思い出した。

「ぼくの詩をだれもが口ずさむようになったら」上機嫌でつぶやく。「イヴォンヌもきょう言ったことを後悔するかもな」

酒場で飲み騒いでいる人々を除いて、村人たちはみな眠りに就いていた。ダヴィドは父の田舎家の納屋にある自分の部屋へそっともどり、わずかな衣類をまとめて包んだ。その包みを棒の先に引っかけ、ヴェルノワから通じている広い道をめざして歩きはじめた。

夜用の囲いのなかでひしめき合う、父の羊の群れの横を通り過ぎる——毎日羊の番をしていたダヴィドは、群れをほったらかしにして、自分は紙切れに詩を書いていたものだった。

イヴォンヌの部屋の窓にまだ明かりがともっているのを見て、急に弱気になり、決意が揺らいだ。あの明かりは、イヴォンヌが腹を立てたのを後悔して眠れずにいる証拠かもしれず、朝になればたぶん——いや、だめだ！　もう心を決めたのだから。ヴェルノワは自分のいるべき場所ではない。この村に、思いを理解してくれる者はいない。自分の運命と未来は、あの道の先にある。

道は月明かりにぼんやり照らされた平原を横切って、鋤《す》き跡のようにまっすぐ十五キロ近く走っていた。村ではこの道はパリへ通じていると信じられていて、詩人ダヴィドは歩きながらその街の名を繰り返しつぶやいた。ヴェルノワからそんなに遠くまで旅したことは一度もなかった。

左の道

道は十五キロ近くつづいたのちに、難題に突きあたった。別の広い道にぶつかって、T字路となっている。
ダヴィドはしばらく迷ったあと、左へ曲がることにした。

この大きな街道には、通ったばかりの何かの車輪の跡が土ぼこりにまみれて残っていた。およそ三十分後、どっしりした馬車が険しい丘のふもとにある小川のぬかるみにはまっているのが見え、車輪の跡はその馬車によるものだとわかった。御者や従者たちが何やら叫んだり、馬の頭絡を引っ張ったりしている。道の片側には、黒い服を着た大男と、長く軽やかなマントに身を包んだ華奢《きやしゃ》な女が立っていた。

使用人たちは奮闘しているものの、未熟なのがダヴィドにも見てとれた。そこで、だまってその作業の監督役を引き受け、従者たちに馬を怒鳴りつけたり力まかせに車輪を動かしたりするのをやめるよう指示した。御者だけが慣れた声で馬を駆り立て、ダヴィドはみずから馬車の後部を肩で力強く押した。みなでいっせいに持ちあげると、大きな馬車は硬い地面へ転がり出た。従者たちはそれぞれの持ち場へもどった。

ダヴィドはしばし片足に重心をかけて立っていた。大柄の紳士が手を振って言った。
「馬車へお乗りなさい」その声は体と同じく大きかったが、技巧と習慣によるなめらかな響きがあった。そんな声で勧められたら、抗《あらが》うことができない。若い詩人は少しためらいを覚えたが、もう一度促されて、それに従った。踏み段に足をかける。暗闇のなか、後部座席にすわる婦人の姿がぼんやりと浮かんだ。ダヴィドが向かいの席にすわろうとすると、先ほどの声がふたたび命じた。「きみは彼女の隣へ」

紳士は大きな体でひらりと前の席へ跳び乗った。馬車は坂をのぼっていく。婦人は無言で隅に縮こまっていた。ダヴィドには彼女が歳をとっているのか若いのかわからなかったが、衣服から漂う淡く柔らかな香りが詩人の想像力を掻《か》き立て、その神秘の奥に美しさが隠れていると確信させた。このような冒険を、ダヴィドはかつてよく思い描いた。しかし、冒険を先に進めるための鍵《かぎ》がまだなかった。この不思議な人々とともに坐《ざ》しているあいだ、ことばが交わされることはまったくなかったからだ。

一時間が経って、窓の外を見やると、馬車がどこかの町の通りを渡っているのがわかった。やがて馬車は、閉めきられて真っ暗な家の前で停まり、従者がおりて苛立《いらだ》たしげに扉を叩《たた》いた。その上の格子窓が大きく開き、ナイトキャップをかぶった顔が外をのぞいた。

「こんな夜中に実直な人間の眠りを邪魔するのはどこのどいつだ。きょうはもう閉めたんだよ。この時分に外をほっつき歩いてる旅人は金離れが悪いに決まってる。だから扉を叩くのをやめて、さっさと失《う》せな」

「あけろ！」従者が声を張りあげた。「ボーペルトゥイ侯爵がお見えだ」

「なんと！」上の声が叫ぶ。「これは大変失礼いたしました、侯爵さま。存じあげなかったもので――こんな遅い時間ですし――すぐに扉をおあけいたします。仰せのままに」

中から鎖と閂《かんぬき》がはずされる音が聞こえ、扉が勢いよく開かれた。寒さと不安に身震いしながら、急いで服を着てきたらしい〈銀の酒瓶亭〉の亭主が蠟燭《ろうそく》を手に戸口に立っていた。

ダヴィドは侯爵につづいて馬車をおりた。「彼女に手を」と侯爵に命じられ、それに従う。婦人を支えながら、その小さな手が震えているのを感じた。「中へ」侯爵がまた命じた。

はいってみると、そこは宿屋の細長い食堂だった。大きなオーク材のテーブルが部屋の端から端まで置かれている。大柄の紳士は扉に近い椅子に腰をおろし、婦人は疲れきった様子で壁際の椅子に身を沈めた。ダヴィドは立ったまま、この場を辞して旅をつづけるにはどうしたらよいかと思案した。

「侯爵さま」頭が床につくほど深々と腰をかがめて亭主が言う。「お、お越しくださると、わ、わかっていたら、おもてなしのご用意ができたのでございますが。ワ、ワインと鶏の冷肉と、そ、そ、それから――」

「蠟燭を」侯爵は言い、ふくよかな白い指をひろげて身ぶりで示した。

「か、かしこまりました」亭主は半ダースの蠟燭を持ってくると、火をつけてテーブルに並べた。

「侯爵さま、ブルゴーニュ・ワインなどいかがでございましょうか――ひと樽《たる》ございますので――」

「蠟燭を」侯爵は言って、また指をひろげた。

「たしかに――いますぐに――持ってまいります」

さらに一ダースの蠟燭に火がともされ、食堂を照らした。侯爵の巨体は椅子からはみ出ていた。手首と喉《のど》からのぞいている雪のように白い襞飾《ひだかざ》りのほかは、頭のてっぺんから足の先まで真っ黒に装っていた。剣の柄や鞘《さや》まで黒い。その顔には、他人をあざ笑うような高慢さがにじんでいる。口ひげの先は上を向き、意地の悪い目に届きそうなほど伸びていた。

婦人は身じろぎせず坐していた。いまやダヴィドは、彼女が若く、哀愁に満ちた魅惑の美を具《そな》えていることを悟った。しばし、そのさびしげな愛らしさに見とれていたが、侯爵の太く響く声でわれに返った。

「きみの名前と職業は？」

「ダヴィド・ミニョと申します。詩人です」

侯爵の口ひげがさらに目に近づく。

「どうやって生計を立てているのかね」

「羊飼いもしています。父の羊を世話していました」ダヴィドは胸を張りながらも、頬を赤らめて答えた。

「では、よく聞け、羊飼いの達人であり詩人である男よ。きみは今夜、大変な幸運に出くわした。こちらはわたしの姪《めい》のリュシー・ド・ヴァレンヌ嬢だ。由緒正しい家柄の出で、年に一万フランの収入がある。美貌《びぼう》については、見てのとおりだ。そういったことをきみが気に入れば、彼女はひとことで妻になる。まあ、話を最後まで聞け。今夜、わたしは彼女を婚約者であるヴィルモール伯爵の城へ連れていった。来賓はすでにそろっていて、司祭も待機していた。身分や財産においてふさわしい男との結婚式がまさに執りおこなわれようとしていたわけだ。ところが祭壇の前へ行くと、このおとなしく従順な娘は雌豹《めひょう》のごとくこのわたしに食ってかかり、わたしを残酷で罪深い男だと非難して、呆気《あっけ》にとられた司祭の前で、わたしが取りつけてやった婚約を破棄してしまった。わたしはそのとき、城を出て最初に行き会った男と――それが王子だろうと炭焼き人だろうと盗人《ぬすっと》だろうと――この娘を何がなんでも結婚させると、万《よろず》の悪魔にかけて誓った。そして羊飼いよ、きみがその最初の男だ。今夜、この娘は結婚せねばならない。きみが辞すれば、つぎを探すまでだ。十分間だけ時間をやるから、そのあいだに決めたまえ。何か言ったり尋ねたりして、わたしを煩わすなよ。十分だ、羊飼い。あっという間だぞ」

侯爵は白い指でテーブルを強く叩き、椅子に深く腰かけてヴェールに包まれたかのように黙して待ちかまえた。それはまるで、巨大な屋敷がすべての扉と窓を閉めて、近づくものを拒絶しているかのようだった。ダヴィドは何か言おうとしたが、大男の態度に気圧《けお》されて舌が動かなかった。そこで、婦人の椅子のそばに立って、お辞儀をした。

「お嬢さん」ダヴィドは言った。これほどの気品と美貌を前に、すらすらとことばが口をついて出てくることに驚いた。「わたしが羊飼いであることは、お聞きになったとおりです。ときどき、自分は詩人だと空想することもあります。美しいものを崇《あが》め、慈しむことが詩人であるための条件であるなら、いまこそその空想が大きくふくらみます。お嬢さん、何かぼくがお役に立てることはありますか」

若い女は顔をあげ、悲しげな乾いた目でダヴィドを見つめた。冒険の重みを真剣に受け止める率直で光り輝く顔、たくましくすらりと立つ姿、青い瞳《ひとみ》に浮かぶ同情の涙を前にして、そのうえ、彼女が長いあいだ得られなかった助力と心やさしさをいまこそ切に欲していることもおそらく相まって、女は突然泣きだした。

「ムシュー」小声で言う。「あなたは誠実でやさしいかたのようですね。あの人はわたくしのおじ、父の弟であり、唯一の肉親です。おじはかつてわたくしの母を愛し、いまは母に似たわたくしを憎んでいます。あの人のせいで、わたくしは長く恐怖に怯《おび》えながら生きてきました。あの顔を見るのも恐ろしくて、これまではおじの言いつけにそむく勇気もありませんでした。けれど今夜、おじはわたくしを三倍も歳が上の男と結婚させようとしたのです。ムシュー、あなたにとんだご迷惑をおかけしたことを心よりお詫《わ》び申しあげます。もちろん、おじが押しつけようとしているこのばかげた役目など、どうぞおことわりくださいませ。ただ、あなたの思いやりに満ちたおことばには、せめてお礼を言わせてください。ずいぶん長く、人と話をする機会もなかったものですから」

詩人の目にただの思いやり以上の何かが浮かんだ。ダヴィドはやはり詩人にちがいない。いまやイヴォンヌのことなど忘れ、はじめて出会ったこの美しい女性の若々しさとしとやかさにすっかり魅せられているのだから。リュシーから漂うほのかな香りを吸いこむと、ダヴィドの心は不思議な感情でいっぱいになった。熱くやさしいまなざしを注ぎ、リュシーはむさぼるようにそれにすがった。

「ふつうなら」ダヴィドは言った。「何年もかけて成しとげることですが、ぼくに与えられた時間はたった十分です。あなたを憐《あわ》れんではいません、マドモアゼル。それは真実じゃない――ぼくはあなたを愛しています。ぼくを愛してくれとは言えませんが、どうかあなたを冷酷な男から救わせてください。そうすれば、いつか愛が芽生えるかもしれない。ぼくには未来があると信じています。このままずっと羊飼いとして生きるつもりはありません。さしあたって、心の底からあなたに愛を注ぎ、あなたの人生から悲しみを少しでも取り除きましょう。あなたの運命をぼくに委《ゆだ》ねてくださいますか」

「まあ、あなたは憐れみのために、ご自分を犠牲になさるおつもりなのね！」

「愛のためにです。約束の時間が迫っています、マドモアゼル」

「あなたはきっと後悔なさる。そして、わたくしを憎むようになります」

「ぼくはあなたを幸せにし、あなたにふさわしい男になるためだけに生きるつもりです」

リュシーの小さく華奢《きゃしゃ》な手がマントの下から這《は》い出して、ダヴィドの手にふれた。

「あなたに」ささやき声で言う。「わたくしの一生を委ねます。それから――それから愛も――あなたがお考えになっているほど、そう遠くはないかもしれません。おじに伝えてください。あの目の力が及ばないところまで行けば、この恐怖を忘れられるでしょう」

ダヴィドは侯爵のほうへ進み出て、目の前で立ち止まった。黒い姿が動き、蔑《さげす》むような目が食堂の大きな時計にちらりと向けられる。

「あと二分。美貌と財産を兼ね具えた娘を花嫁として受け入れるのに、羊飼いは八分もかけるのか！　申してみよ、羊飼い、おまえにこの娘の夫となるつもりはあるのか」

「彼女は」ダヴィドは誇らしげに言った。「わたしの妻となってもらいたいという申し出を受けてくださいました」

「よく言った！」侯爵は言った。「きみには求婚者としての素質があるようだ、羊飼いの達人よ。この娘はもっと悪いくじを引く可能性もあったわけだがね。さて、教会と悪魔の許すかぎりすばやく事をすませよう！」

それから剣の柄でテーブルを叩《たた》いた。亭主が膝《ひざ》を震わせながら現れた。手には、侯爵の気まぐれを見越して、さらに多くの蠟燭《ろうそく》が握られている。「司祭を連れてこい」侯爵は言った。「司祭だ、わかったな？　十分後に司祭をここへ連れてくるんだ、さもないと――」

亭主は蠟燭をほうり出して、飛び去った。

眠たげな目をして、苛立《いらだ》った様子の司祭がやってきた。そして、ダヴィド・ミニョとリュシー・ド・ヴァレンヌを結婚させると、侯爵が投げつけた金貨をポケットへしまって、また闇夜のなかへのろのろと消えていった。

「ワインだ」侯爵は亭主へ向かって不穏な指をひろげながら命じた。「グラスへ注げ」ワインが運ばれてくるのを見て言い放つ。蠟燭の光に照らされたテーブルの上席から立ちあがった。憎悪と驕《おご》りに満ちた黒い山が、かつての愛の記憶が毒と化したものを目に浮かべて、姪を見据えた。

「ムシュー・ミニョ」ワイングラスを掲げて言う。「飲む前にこれだけ言わせてくれ。その女を妻として迎えたことで、きみの人生はひどく惨めなものになるだろう。その女は黒い嘘と赤い破滅をもたらす血を受け継いでいる。きみに恥辱と不安を与えるにちがいない。彼女が引き継いだ悪魔はその目、肌、口に宿り、農民を欺くような恥ずべき行為すらしかねない。さぞ幸せな人生が待っていることだろう、詩人よ。ワインを飲みたまえ。それから娘、これでようやくおまえを厄介払いできる」

侯爵は飲んだ。突然傷を負わされたかのように、悲痛な泣き声が娘の口からわずかに漏れた。ダヴィドはグラスを手に持ったまま、三歩前へ進み出て、侯爵と向かい合った。そのふるまいに羊飼いらしさはほとんどなかった。

「たったいま」ダヴィドは落ち着き払って言った。「あなたは光栄にもぼくを〝ムシュー〟と呼んでくださいました。そこでお尋ねしたいのですが、彼女との結婚によって、ぼくはあなたにいくらか——つまり、身分という点で——近づくことができ、さらには、ぼくの頭のなかにあるささやかな事柄においても、対等の立場に立つ権利を与えられたと考えてよろしいでしょうか」

「ああ、いいだろう」侯爵は小ばかにするように言った。

「では」ダヴィドは言い、自分をあざ笑った蔑むような目に向かって、グラスのなかのワインをぶちまけた。「ぼくと決闘していただけますね」

侯爵の怒りがにわかに激しい悪態となって、角笛の響きのごとく噴出した。黒い鞘《さや》から剣を引き抜き、あわてふためく亭主を呼び立てた。「あそこの剣をこのたわけ者に渡してやれ！」リュシーのほうへ向きなおり、心臓を凍りつかせる笑い声をあげて言う。「まったく世話の焼ける女だな。どうやらひと晩のうちに、夫を見つけてやるだけでなく、寡婦《やもめ》にもしてやらなくてはならないらしい」

「ぼくは剣の使い方を知らないんです」ダヴィドは言った。新妻の前で告白し、顔を赤らめた。

「〝ぼくは剣の使い方を知らないんです〟」侯爵はダヴィドの口真似をした。「農民のようにナラのこん棒で戦うのはどうだ？　おい《オラ》！　フランソワ、わたしの銃を持ってこい！」

従者のひとりが、馬車の拳銃《けんじゆう》入れから銀細工の施されたきらめく拳銃を二挺《にちよう》持ってきた。侯爵はその一方をダヴィドの手もとめがけてテーブルへほうり投げた。「テーブルの向こう端へ行け」大声で命じる。「羊飼いでも引き金くらいは引けるだろう。ボーペルトゥイ家の武器によって死ぬ栄誉を与えられる者はなかなかいない」

羊飼いと侯爵は長いテーブルの両端に立って向かい合った。恐怖に震えた亭主は手で空《くう》をつかみ、口ごもりながら言った。「こ、こ、侯爵さま、後生でございます！

ここではおやめください！――どうか血が流れるようなことは――商売ができなくなってしま――」侯爵の脅すような目でにらみつけられて、亭主の舌が麻痺《まひ》した。

「臆病者《おくびょう》めが」ボーペルトゥイ侯爵は叫んだ。「やかましく歯を鳴らすのをやめて、決闘の合図を出せ。おまえにできるならな」

われらが亭主は膝を床に打ちつけた。ことばを失っていた。音を発することもできない。それでもなお、宿屋の亭主として、どうにか手ぶりで平和を求めた。

「わたくしが合図をいたします」リュシーがはっきりとした声で言った。ダヴィドのもとへ行って、やさしくキスをした。両の瞳《ひとみ》がきらきらと輝き、頬は赤く染まっている。リュシーが壁を背にして立つと、ふたりの男は拳銃を構えて合図を待った。

「アン――ドゥ――トロワ！」

ふたつの銃声が発せられたのがほぼ同時だったので、蠟燭の火は一度しか揺れなかった。侯爵は微笑み、ひろげた左手の指をテーブルのへりに置いたまま立っていた。ダヴィドは背すじを伸ばして立ち、ゆっくりと首を動かして、目で妻を探した。やがて、掛けておいた服が落ちるかのように、ダヴィドは力なく床へ崩れ落ちた。

恐怖と絶望の小さな悲鳴をあげて、寡婦となった若い女はダヴィドのもとへ駆け寄り、その上に覆いかぶさった。傷口を探しあてると、いつもの悲しげな青ざめた顔をあげた。「心臓が貫かれている」小さな声で言う。「ああ、心臓が！」

「来い」侯爵の太い声が響き渡った。「馬車へもどるぞ！　夜明けが来る前に、おまえを引き渡さねばならぬ。おまえは今夜のうちにまた結婚するのだ、生きている男とな。つぎに出会うのは追い剝《は》ぎか、農民か。道中でだれにも出会わなければ、わたしの屋敷の門をあける卑しい門番が相手ということになるな。さあ、馬車へ乗りこめ！」

大柄で無慈悲な侯爵、ふたたび神秘のマントに身を包んだリュシー、拳銃を持った従者——三人がそろって外へ出て、待っていた馬車に乗った。重々しく遠ざかる車輪の音が、眠っている村に響き渡る。〈銀の酒瓶亭〉の食堂では、取り乱した亭主が殺された詩人の亡骸《なきがら》の上で両手を揉《も》み合わせていた。テーブルの上では二十四本の蠟燭の炎が踊るように揺らめいていた。

右の道

道は十五キロ近くつづいたのちに、難題に突きあたった。別の広い道にぶつかって、T字路となっている。

ダヴィドはしばらく迷ったあと、右へ曲がることにした。

その道がどこへ通じているのかわからなかったが、ダヴィドは夜のうちにヴェルノワから遠く離れると心に決めていた。五キロ近く歩いたところで、大きな館《やかた》の前を通り過ぎた。つい先ほどまで何かの催しがおこなわれていたらしい。どの窓からも明かりが漏れていて、大きな石造りの門からは、客人を乗せた馬車の轍《わだち》が地面に延びていた。

さらに十五キロ先へ進んだころには、ダヴィドは疲れきっていた。道端のマツの枝を寝床にして体を休め、しばし眠った。やがて目覚めると、また未知の道を進みはじめた。

こうして五日間、バルサムの香りがする天然のベッドや農家の干し草の山で眠り、その家で快く分けてくれた黒パンを食べたり、小川の水や親切な山羊《やぎ》飼いが恵んでくれた飲み物で喉《のど》を潤したりしながら、街道を歩きつづけた。

ようやく大きな橋を越え、世界じゅうのどこよりも多くの詩人を打ちのめして栄冠を授けてきた、微笑みの街へ足を踏み入れた。パリが生き生きとした歓迎の歌――人声や足音や車輪の音で奏でられる鼻歌――を低く響く声で歌って聞かせると、ダヴィドの呼吸は速まった。

ダヴィドはコンティ通りの古い家の屋根裏部屋を借り、木の椅子にすわって詩を作りはじめた。かつては街の有力者たちを庇護《ひご》していたその通りは、いまや没落の一途をたどる人々に明け渡されていた。

家々は屋根が高く、荒れ果てた威厳を保っていたが、多くが空き部屋で、ほこりと蜘蛛《くも》の住まいとなっていた。夜になると、金属がぶつかり合う音や、酒場から酒場へあてどなく歩きながら喧嘩《けんか》を吹っかける連中の声が響き渡る。上流階級の人間が住んでいた場所にいまあるのは、節制のない人々の不快で粗野な暮らしだ。しかしダヴィドは、そこでの暮らしこそ自分の軽い財布に見合っていると感じた。日の光も蠟燭《ろうそく》の明かりも、ペンと紙に向き合うダヴィドの姿を照らしていた。

ある日の午後、ダヴィドは食料を求めて下界へ出かけ、パンと凝乳《ぎょうにゅう》、それに薄いワインをひと瓶携えて帰ってきた。暗い階段を半ばのぼったところで、詩人の感性に支障を生じさせるほどの若く美しい女と会った――というより、女は階段で休んでいたのだから、出くわしたと言うほうがいいだろう。女はゆったりとした暗い色のマントを肩に掛け、その下に華やかなイブニングドレスを着ていた。胸中の思いが少し変わるたび、その目もたちまち変わっていく。子供のようにまるくあどけない目をしたかと思えば、つぎの瞬間にはロマのように切れ長でしたたかな目になる。女が片手でドレスの裾《すそ》を持ちあげると、リボンがほどけたかかとの高い小さな靴があらわになった。その姿はあまりにも神々しく、身をかがめるなどもってのほかで、人を魅了し命令を出すにふさわしかった。ひょっとすると、ダヴィドが近づいてくるのを見て、手を貸してもらおうとそこで待っていたのかもしれない。

ああ、階段をふさいでしまって、ほんとうにごめんなさい。でも、この靴が！――

困った靴ね！　もう！　いつもほどけてしまうのです。やさしいあなたのお手をお借りすることができたら！

詩人は震える指で、手強《てごわ》いリボンを結んだ。そして危険な女の前から逃げようとしたが、ロマのように切れ長でしたたかな目に捕らえられた。そこで酸っぱいワインの瓶を握りしめたまま、手すりに寄りかかった。

「ほんとうにおやさしいかた」女が笑みを浮かべて言う。「こちらにお住まいですか」

「ええ、はい、その――そのはずです」

「では、三階のお部屋に？」

「いえ、もっと上の階です」

女はじれったそうなそぶりをつとめて見せずに、指をひらひらと動かした。

「ごめんなさい。ずいぶんぶしつけな質問でしたね。許してくださるかしら。どこにお住まいかなんて、尋ねるべきではありませんでした」

「そんなことはありません。ぼくの部屋は――」

「いえ、いえ、いけません。わたくしがまちがっておりました。ただ、この家と、ここにあるあらゆるものへの関心を捨てきれずにいるのです。ここはかつて、わたくしの住まいでした。よくここに来ては、幸せだった日々に思いをはせています。それで言いわけになるでしょうか」

「いえ、そんな、言いわけなど必要ありません」詩人はおどおどしながら言った。

「ぼくは最上階の部屋に住んでいます——階段の曲がり角にある小さな部屋です」

「表のお部屋？」女は首をかしげて尋ねた。

「裏の部屋です」

女は安心したかのように、大きく息を漏らした。

「これ以上お引き留めするわけにはいきませんね」まるくあどけない目をして言う。

「どうかわたくしの家を大切にしてやってください。ああ！　いまとなってはあの家の思い出だけが、わたくしのもの。さようなら《アデュー》、ご親切に感謝いたします」

女は微笑みと甘い香りを残して去っていった。ダヴィドはまどろむかのような足どりで階段をのぼった。ところが、その眠りから覚めても、女の微笑みと香りがいつまでも付きまとい、離れようとしなかった。ダヴィドはこの見知らぬ女の虜《とりこ》になり、瞳《ひとみ》を賛美する抒情詩《じょじょうし》、ひと目で落ちた恋のシャンソン、巻き毛を褒めたたえるオード、細い足に履かれた上靴に捧《ささ》げるソネットをつぎつぎと作りあげた。

ダヴィドはやはり詩人だったにちがいない。いまやイヴォンヌのことなど忘れ、はじめて出会ったこの美しい女性の若々しさとしとやかさにすっかり魅せられているのだから。彼女から漂うほのかな香りを吸いこむと、ダヴィドの心は不思議な感情でいっぱいになった。

ある晩、同じ家の三階の部屋で三人がテーブルを囲んでいた。部屋にあったのは三脚の椅子と、テーブルと、その上に置かれた一本の燃える蠟燭だけだった。ひとりは大柄な男で、黒ずくめの服装をしている。その顔には、他人をあざ笑うような高慢さがにじんでいる。口ひげの先は上を向き、意地の悪い目に届きそうなほど伸びていた。もうひとりは若く美しい女で、子供のようにまるくあどけない目をしたかと思えば、つぎの瞬間にはロマのように切れ長でしたたかな目になるが、いまはほかのあらゆる陰謀者たちと同じく、鋭く野心のある目をしていた。三人目は活動家であると同時に闘士でもある男で、豪胆で気が短く実行力があり、口から炎と鋼を噴き出していた。ほかのふたりからはデロール大尉と呼ばれていた。

この男がこぶしでテーブルを叩《たた》き、荒々しさを押し殺した声で言った。

「今夜です。今夜、やつが真夜中のミサへ行くときを狙います。なんの成果も得られない策略に頭をめぐらすのはもううんざりだ。合図だの暗号だの秘密の会合だの、そういったややこしい《バラグァン》ことにもね。正々堂々と逆賊になりましょう。フランスからあいつを消し去ろうというなら、罠《わな》や計略にかけるのでなく、公然と殺してやる。そう、今夜。わたしは口にしたことをかならず実行します。この手でね。今夜、やつがミサへ行くときです」

女は大尉に心のこもったまなざしを向けた。女というものは、策略に夢中になっていても、このように向こう見ずの勇気に敬服するのが常だ。大男が上向きの口ひげをなでつけた。

「大尉よ」習慣によって柔らかな響きを持つようになった太い声で言う。「今回はわたしもきみに賛成だ。待っていても何も得られない。この企てを確実に成功させるのにじゅうぶんな数の宮殿の衛兵が味方についている」

「今夜です」デロール大尉はそう繰り返し、もう一度テーブルを叩いた。「お聞きでしょう、侯爵。わたしはこの手で実行します」

「しかしここで」大男は落ち着いた声で言う。「ひとつ問題がある。宮殿内の同志へ伝言を届けねばならないし、合図を取り決める必要がある。最も信頼できる者を国王の馬車に随行させなくてはな。こんな時間に南の入口まではいりこめる使者がどこにいる？　リボーが配置されているから、そこへ伝言を届けられれば、あとはすべてうまくいくはずだ」

「わたくしが参ります」女が言った。

「伯爵夫人、あなたが？」侯爵は眉《まゆ》を吊《つ》りあげて言った。「あなたの献身ぶりがすばらしいことはみな知っているが、しかし――」

「お聞きください！」女は叫び、立ちあがって両手をテーブルに置いた。「この家の屋根裏部屋に、田舎から来た若者が住んでおります。故郷でみずからが世話をしていた羊のごとく、純真で心やさしい若者です。階段で二、三度、顔を合わせました。会合の場であるこの部屋の近くに住んでいるのではないかと思い、探ってみたのです。あの若者なら、こちらの思うがままとなりましょう。屋根裏で詩を書いているのですけれど、どうやらわたくしに思いを寄せているようです。わたくしが頼めば、どんなことでもするでしょう。宮殿への伝言も届けるはずです」

侯爵は、椅子から立ちあがってお辞儀をした。「伯爵夫人、先ほどはあなたにことばをさえぎられてしまいましたが」つづけて言う。「わたしはこう言おうとしたのです。〝あなたの献身ぶりがすばらしいことはみな知っているが、才覚と美貌《びぼう》はそれをもはるかにしのぐ〟とね」

陰謀者たちが策をめぐらしているあいだ、ダヴィドは〝階段の恋人《アムレット・デスカリエ》〟へ向けた詩を練っていた。そのとき、扉を小さくノックする音が聞こえ、胸をとどろかせつつ開くと、そこには子供のように大きくあどけない目をした彼女が、窮地に陥ったかのように息を切らして立っていた。

「わたくし」ささやき声で言う。「どうすればよいかわからなくて、ここまで来てしまいました。あなたは親切で誠実なかたとお見受けしておりますし、ほかに頼れるかたがいらっしゃいません。肩をいからせて歩く男性たちのあいだを駆け抜けてきたのです！　実はわたくしの母が死のふちにおりますの。おじが国王の宮殿で衛兵隊を指揮しているのですが、どなたかにおじを連れ帰ってきていただきたいのです。もしお願いできるのでしたら――」

「お嬢さん」ダヴィドは女のことばをさえぎった。役に立ちたくて目を輝かせている。「あなたの願いはぼくの翼となります。どうすればおじさまのもとへたどり着けるか、教えてください」

女は封をした手紙をダヴィドの手に握らせた。

「南門へ行ってください――よろしいですね、南門です――そして、そこにいる衛兵に〝ハヤブサは巣を去った〟とお伝えください。そうすれば通してくれるはずです。それから宮殿の南の入口へ向かってください。先ほどのことばを繰り返して、〝ハヤブサが望むときに襲わせよ〟と返事をした者にこの手紙を渡してください。これは、おじから教わった合いことばです。いまや国は乱れ、王の命を狙う者がいるので、合いことばがなければ、だれも夜間に宮殿の敷地内にはいることはできません。あなたさえよろしければ、この手紙をおじのもとへ届け、母が永遠に目を閉じる前におじに会わせていただけませんか」

「おまかせください」ダヴィドは意気ごんで言った。「しかし、このような遅い時分にあなたをおひとりで家まで帰らせるのはいかがなものか。ぼくが――」

「いえ、いえ──どうかすぐに行ってください。いまは一刻が宝石並みに貴重です。いつかきっと」女はロマのように切れ長でしたたかな目をして言った。「ご恩はお返しいたします」

ダヴィドは手紙を胸もとへ押しこみ、階段を駆けおりていった。それを見届けると、女は下の部屋へもどった。

侯爵の表情豊かな眉が問いかけた。

「行きました」女は言った。「伝言を携えて。本人が飼っていた羊並みに愚かな若者です」

デロール大尉のこぶしが振りおろされて、テーブルがまた揺れた。

「なんということだ！」大尉は大声をあげた。「拳銃《けんじゅう》を置いてきてしまいました！ほかの武器はあてにならないというのに」

「これを持っていけ」侯爵はマントの下から銀細工の施されたきらめく立派な拳銃を取り出した。「これほど確実なものはない。だが気をつけろよ。個人紋章と家紋が施されていて、わたしはもう疑われているからな。今夜わたしはパリから遠く離れたところへ行くしかないだろう。あすには自分の屋敷へもどっていないとな。先にどうぞ、伯爵夫人」

侯爵は蠟燭《ろうそく》の火を吹き消した。しっかりマントに身を包んだ女とふたりの紳士は忍び足で階段をおり、コンティ通りのせまい舗道を行き交う人の群れにまぎれこんだ。

　ダヴィドは走った。王の城の南門で斧槍《おのやり》を胸に突きつけられたが、例のことばでそれをかわした。「ハヤブサは巣を去った」

「通れ、兄弟よ」衛兵が言った。「急ぐんだ」

　宮殿の南の階段でつかまりそうになったが、ふたたび合いことば《モ・ド・パス》が衛兵たちに魔法をかけた。そのなかのひとりが前に進み出て、口を開いた。「ハヤブサが望むときに——」ところが、衛兵たちのあいだに動揺が走り、不測の事態が生じたのがわかった。

突然、険しい顔つきで軍人然とした歩き方の男が周囲を押しのけながら現れて、ダヴィドが持っていた手紙を取りあげた。「ついてこい」男は言い、ダヴィドを大きな玄関広間へ招き入れた。そこで封を破り、手紙を読んだ。通りかかった銃士隊の制服姿の男を手招きする。「テトロー大尉、南口と南門の衛兵たちを捕らえて、監禁しろ。そして、信頼できる者と入れ替えるんだ」それから、ダヴィドへ向かって言う。「ついてこい」

　男はダヴィドを連れて廊下を進み、控えの間を通って広々とした部屋へはいった。そこでは、地味な色の服を着て憂鬱《ゆううつ》そうな顔をした男が、じっと考えこみながら立派な革張りの椅子にすわっていた。ダヴィドを連れてきた男がその人物に向かってこう告げた。

「陛下、以前申しあげたとおり、この宮殿には下水道のネズミ並みに逆賊や間諜《かんちょう》があふれております。そんなことはわたくしの妄想だと陛下はお考えでしたが、この者は連中と共謀して、陛下のお部屋近くまで侵入いたしました。手紙を携えておりましたので、取りあげました。陛下の御前へ連れてまいったのは、けっしてわたくしの熱意が度を越しているわけではないのをご理解いただけると考えたからでございます」

「わたしが尋問しよう」国王は椅子の上で体を揺すって言った。霞《かすみ》がかかった重たそうな目でダヴィドを見据える。詩人は片膝《かたひざ》を突いた。

「どこから来た」国王は尋ねた。

「ウール＝エ＝ロワール県のヴェルノワという村です、陛下」

「パリで何をしておる」

「ぼ——ぼくは詩を書きたいのです、陛下」

「ヴェルノワでは何をしていた」

「父の羊の番をしていました」

国王がふたたび体を揺すると、目の霞が晴れた。

「ほう！　牧野でか」

「さようです、陛下」

「牧野で暮らしていたのか。朝の涼しいうちに出かけ、草むらに寝転んだのだな。羊の群れが小山の腹に散らばるなか、きみはさらさらと流れる小川の水を飲み、木陰でうまい黒パンを食べ、木立でさえずるクロウタドリの鳴き声に耳を澄ましていたにちがいない。そうではないのか、羊飼いよ」

「そのとおりです、陛下」ダヴィドは答えて、深く息をついた。「花に集まるミツバチや、ときには丘でぶどうを摘む人々の歌声を聴くこともありました」

「そうか、そうか」国王はもどかしげに言った。「そうかもしれんな。だが、クロウタドリの鳴き声はまちがいなく耳にしたはずだ。木立でよくさえずっているからな。そうであろう？」

「ウール＝エ＝ロワール県ほどクロウタドリが美しい声でさえずる地はありません、陛下。ぼくはその歌声を詩で表そうとしました」

「その詩を口ずさんでくれるか」国王は力強く言った。「ずいぶん前に、わたしもクロウタドリの鳴き声を聞いたものだ。あの歌を正確にことばで表せるとしたら、それは王国を手に入れるよりすばらしいことだ。夜が来ると、きみは羊を囲いのなかへ追い立てて、満ち足りて心静かに楽しい食卓についたのだろう。きみの詩を口ずさんでくれるか、羊飼いよ」

「かしこまりました、陛下」ダヴィドは敬意と情熱をこめて言った。

怠惰な羊飼い、ご覧よ、あなたの子羊を
草の上を夢中で跳ねまわる姿を
ご覧よ、そよ風に踊るモミの木を
聞けよ、牧神パンの葦笛《あしぶえ》の音《ね》を
聞けよ、梢《こずえ》でさえずるわれらの声を
ご覧よ、羊の背に舞いおりるわれらの姿を
与えよ、われらの巣をあたためる羊の毛を
枝々に――

「恐れながら、陛下」耳ざわりな声がさえぎった。「わたくしからこの三流詩人にひとつふたつ尋ねたいことがございます。時間がありません。どうかお許しください、陛下の身の安全を案じるがためでございます」

「ドーマール公爵の忠義は」国王が言った。「よくわかっている。好きにするがいい」そう言って椅子に深く身を沈めると、また霞が目を覆った。

「まず」公爵は言った。「この者が持っていた手紙を読みあげます」

きょうは王太子の命日だ。彼が例年どおり、息子の魂に祈りを捧《ささ》げるために真夜中のミサへ出かけるなら、エスプレナード通りの角でハヤブサが襲いかかる。彼がそのように動く場合、ハヤブサへの合図として、宮殿上階の南西隅の部屋で赤い灯火をともしてくれ。


「農民よ」公爵がきびしい声で言い立てる。「聞いたろう。だれにこの使いを頼まれた」

「公爵さま」ダヴィドは正直に言った。「説明いたします。あるご婦人に頼まれました。母親が病気なので、この手紙を届けておじを母のもとへ連れ帰ってもらいたい、と言われたのです。手紙の内容についてはよくわかりませんが、そのご婦人が美しく善良なかただったのはまちがいありません」

「どんな容姿の女だ」公爵は問いただした。「それに、なぜその女に操られているんだ」

「容姿ですって！」ダヴィドは柔らかな笑みをたたえて言った。「ことばで言いつくせたら奇跡かもしれません。そうですね、体は陽光と濃い影でできています。ハンノキのようにすらりとしていて、身のこなしもハンノキさながらとても優雅です。見ているうちに、目の様子が変わっていきます。まるくなったかと思えば、ふたつの雲のあいだからのぞく太陽のように半ば閉じられます。彼女が現れると一帯が天国となり、去るとそこに残るのは混沌《こんとん》とサンザシの花の香りです。そのご婦人がコンティ通り二九番地のぼくの部屋を訪れました」

「その住所こそ」公爵は国王へ向きなおって告げた。「われわれが目をつけていた場所です。この詩人のおかげで、悪名高きケベドー伯爵夫人の風貌《ふうぼう》がわかりました」「陛下、そして公爵さま」ダヴィドは真剣な面持ちで言った。「ぼくのつたないことばが誤解を招いていないといいんですが。ぼくはあのご婦人の目を見ました。手紙の件があろうとなかろうと、ぼくは命を懸けて誓います。あの人は天使です」

公爵はダヴィドをじっと見つめた。「きみを試すことにしよう」ゆっくりと言う。「国王さまに成りすまして馬車に乗り、真夜中のミサに参加するんだ。やってみるかね」

ダヴィドは微笑んだ。「ぼくはあの人の目を見ました。ぼくにとって、あの目がすべてです。ご納得がゆくまで、どうぞお試しください」

十一時三十分に、ドーマール公爵みずから、宮殿の南西の窓辺に赤いランプを置いた。十一時五十分に、頭のてっぺんから足の先まですっかり国王に変装したダヴィドは、公爵の腕に支えられ、マントに顔をうずめて、控えている馬車のもとへ王宮からゆっくりと歩いていった。公爵はダヴィドを馬車に乗せると、ドアを閉めた。馬車は大聖堂へ向かう道を疾走した。

エスプレナード通りの角にある家の前では、テトロー大尉が二十人の部下とともに見張りをし、逆賊《キ・ヴィヴ》が現れたらすぐに飛びかかろうと待ちかまえていた。

だが、どういうわけか、陰謀者たちは少し計画を変更したらしい。国王の馬車がエスプレナード通りの一区画手前のクリストファー通りに差しかかったとき、デロール大尉が国王弑逆《しぎゃく》を目する一団を率いて現れ、馬車に襲いかかった。馬車の護衛についていた兵たちは、予定より早い襲撃にとまどったが、地面へおり立つと勇敢に戦った。騒ぎに気づいたテトロー大尉の部隊が、急いで救援に駆けつけた。しかし、そうこうしているあいだに、決死の覚悟のデロール大尉が国王の馬車の扉をこじあけ、中の黒い人影に拳銃《けんじゅう》を突きつけて発砲した。

国王軍の援兵が近づくころには、通りじゅうに叫び声や刃物のぶつかり合う音が響き渡っていたが、怯《おび》えた馬たちはすでに走り去っていた。馬車のクッションの上には、ボーペルトゥイ侯爵の銃弾を食らった哀れな偽の王である詩人の亡骸《なきがら》が横たわっていた。

本道

道は十五キロ近くつづいたのちに、難題に突きあたった。別の広い道にぶつかって、T字路となっている。

ダヴィドはしばらく迷ったあと、道の脇に腰をおろして休んだ。

それらの道がどこへ通じているのか、ダヴィドは知らなかった。どちらへ行っても、機会と冒険に満ちた広い世界がひろがっている気がした。そこにすわっていると、ひとつのきらめく星が目に留まった。イヴォンヌといっしょに、ふたりにちなんだ名前をつけた星だ。それを見てダヴィドはイヴォンヌを思い出し、早まったことをしたのではないかと考えはじめた。きついことばを少しぶつけ合っただけで、イヴォンヌのもとを離れ、家を出る必要があったのだろうか。ふたりの愛は、その証《あかし》とも言える嫉《しっ》妬《と》によって砕けるほどもろいものだったのか。夜のささやかな心痛は、いつも朝が癒《いや》してくれるものだ。心地よく眠るヴェルノワの村のだれにも気づかれずに、家へ引き返す時間はまだある。自分の心はイヴォンヌのものだ。これまでずっと暮らしてきた土地でも、詩を書いて幸せを見つけることはできるはずだ。

ダヴィドは立ちあがり、落ち着かない気持ちと、自分をそそのかしてきた荒々しい怒りを振り払った。歩いてきた道にしっかりと向きなおる。ヴェルノワへの道をもどりはじめたころには、旅に出たいという思いは消えていた。羊小屋の脇を通り過ぎると、ふだんより遅い足音を羊たちが聞きつけて、騒がしく地面を踏み鳴らしながら駆け寄ってきた。その懐かしい音を聞いて、ダヴィドの心はあたたかくなった。音を立てずに自分の小さな部屋へもどって横になり、未知の道を行って足を痛めたりせずにすんだことに安堵《あんど》した。

ダヴィドは女心をいかによく知っていたことか！　つぎの日の夕方、主任司祭《キュレ》から何かの用で呼ばれるのを待って、道端の井戸に集まっていた若者たちのなかに、イヴォンヌもいた。固く結ばれた口は妥協することがないように見えたが、目の端ではダヴィドの姿を探していた。ダヴィドはそんなさまを見て、表情の険しさなどものともせずに、その口から謝罪のことばを引き出し、ふたりで家へ帰るあいだに唇も物にした。

三か月後、ふたりは結婚した。ダヴィドの父は聡明《そうめい》で裕福だった。十五キロ近く離れた地にまで知れ渡るほど盛大な結婚式をあげてやった。ふたりの若者は村人たちに愛されていた。通りには行列ができ、草地ではダンスがおこなわれ、ドルーから呼ばれた糸操り人形や曲芸師が客たちを喜ばせた。

それから一年が経ち、ダヴィドの父が死んだ。羊と小さな家がダヴィドのものになった。ダヴィドにはすでに、村でいちばん似合いの妻がいた。イヴォンヌの牛乳桶《おけ》や真鍮《しんちゅう》のやかんはぴかぴかで、太陽が出ているときにそのそばを通ると、まぶしさで目がくらむほどだ。それでも目を大きくあけたまま、イヴォンヌの庭を見てもらいたい。花壇が華やかに整えられていて、見れば視力もたちまち回復する。そして、その歌声ははるか遠くまで、そう、グリュノーじいさんの鍛冶場《かじば》の上にそびえ立つ二本のクリの木まで届いた。

ところが、ある日、ダヴィドは長くあけずにいた抽斗《ひきだし》から紙を引っ張り出し、鉛筆の頭を嚙みはじめた。春がまた訪れ、心が動かされた。ダヴィドはやはり詩人だったにちがいない。いまやイヴォンヌのことなどほとんど忘れ、はじめて知ったこの美しい大地の魔力としとやかさにすっかり魅せられているのだから。木々や草花から漂う香りを吸いこむと、心が不思議と揺さぶられた。これまでダヴィドは毎日羊を連れて出かけ、夜には何事もなく連れ帰ってきた。それがいまでは、生垣の下で寝そべって、紙切れの上でことばをつなぎ合わせている。羊たちがさまよいはじめたので、オオカミたちは困難な詩作がたやすく羊の肉を与えてくれることに気づき、大胆にも森からやってきては子羊を盗んでいった。

ダヴィドの作った詩の山が大きくなるにつれて、羊の群れは小さくなった。イヴォンヌの眉間《みけん》の皺《しわ》と機嫌は日に日に険しくなり、口調はぞんざいになった。鍋《なべ》とやかんは輝きを失い、目は鋭い光を帯びた。仕事の手抜きで羊の数が減り、家計に災いをもたらしていることをイヴォンヌは咎《とが》めた。ダヴィドは少年を雇って羊の番をさせ、自分は屋根裏の小部屋に閉じこもって、さらに詩を書きつづけた。その少年は生まれながらの詩人だったが、書くという手立てを持っていなかったので、ひたすら居眠りをして過ごした。ほどなく、オオカミたちは詩作と居眠りがほぼ同じものだと悟り、そのせいで羊の数は着実に減っていった。それに比例して、イヴォンヌの機嫌はますます悪くなった。イヴォンヌはときどき庭に立ち、上階の窓越しにダヴィドを罵《ののし》った。

その声ははるか遠く、グリュノーじいさんの鍛冶場の上にそびえ立つ二本のクリの木まで届いた。

親切で賢明な世話焼きの老公証人パピノー氏は、鼻を向けた先にあることはすべて嗅《か》ぎ出すので、ふたりのことも嗅ぎつけた。ダヴィドのもとへ行き、ひとつまみの嗅ぎ煙草でみずからを奮い立たせてから言った。

「わが友、ミニョよ、わたしはかつて、おまえの父の結婚証明書に署名をした。その息子の破産を申し立てる書類に証人として署名せざるをえなくなったら、わたしは心痛に苛《さいな》まれるだろう。だが、いまやそうなりかねない。わたしは古くからの友として話をしている。これから言うことをよく聞きたまえ。どうやらおまえの心は詩の世界にのめりこんでいるらしい。ドルーにムシュー・ブリルというわたしの友人がいる。ジョルジュ・ブリルだ。本であふれ返る家のわずかな片づけられた隙間で暮らしている。学識のある男で、毎年パリを訪れ、何冊か著書もある。カタコンベがいつ作られたか、星はどのように名づけられたか、チドリのくちばしはなぜ長いのかを教えてくれる男だ。おまえが羊の鳴き声にくわしいのと同じくらい、詩の意味や形式に精通している。わたしが手紙を書いてやろう。おまえの作った詩を持っていき、読んでもらいなさい。そうすれば、これからも詩を書きつづけるべきか、妻と仕事に目を向けるべきか、判断がつくだろう」

「ぜひ手紙を書いてください」ダヴィドは言った。「もっと早くその話をしてくださればよかったのに」

翌日の朝日がのぼるころ、ダヴィドは大切な詩の原稿を筒状にまるめたものを脇にかかえて、ドルーへの道を歩いていた。正午にはブリル氏の家の玄関で、足についた土をぬぐった。その教養人はパピノー氏の手紙の封を破り、輝く眼鏡越しに、日差しが水を吸いあげるかのように手紙の中身を吸いとった。つづいてダヴィドを書斎へ招き入れ、本の波が打ち寄せる小さな島にすわらせた。

ブリル氏には良心があった。指の長さほどの厚みがあり、しつこい巻き癖のついた原稿の束にもたじろがなかった。膝《ひざ》の上でなんとか癖を直して、読みはじめる。一言一句漏らさなかった。種を探して果実のなかを進む虫さながらに、詩の山へもぐりこんだ。

そのあいだ、島に置き去りにされたダヴィドは数々の文学作品のしぶきを浴びて震えていた。波の音が耳のなかで鳴り響く。目の前の海を進むための海図も羅針盤も持っていなかった。世界の半分の人間が本を書いているにちがいないと思った。

ブリル氏は最後のページにたどり着いた。やがて眼鏡をはずして、ハンカチで拭《ふ》いた。

「わが旧友パピノーは元気かね」ブリル氏は尋ねた。

「いたってお元気です」ダヴィドは答えた。

「羊は何頭いるんだ、ミニョくん」

「きのう数えたときは三百九頭でした。群れは不運に見舞われているんです。はじめは八百五十頭いたのが、そこまで減ってしまいました」

「きみには妻と家があり、不自由なく暮らしていた。羊はじゅうぶんな実りをもたらしただろう。羊とともに野原へ行き、研ぎ澄まされた空気にふれ、甘いパンのごとき充実感に浸ってきた。羊の番をしながら自然の胸に身を預け、木立のクロウタドリのさえずりに耳を傾けていればよかった。そうであろう？」

「そのとおりです」ダヴィドは言った。

「きみの詩をすべて読ませてもらった」ブリル氏はつづける。その目は、まるで帆を探し求めて水平線を注意深く見渡すかのように、本の海をさまよっていた。「あの窓の向こうを見たまえ、ミニョくん。あの木に何が見える？」

「カラスが見えます」ダヴィドは見て答えた。

「あれは」ブリル氏は言った。「わたしが義務から逃れたいと思うたびに、気持ちを奮い立たせてくれる鳥だ。きみもあの鳥を知っているだろう、ミニョくん。まさに空飛ぶ哲学者だ。喜んでおのれの運命に従う。気まぐれな目をして楽しげにはしゃぎまわるあの鳥ほど、陽気で満たされているものはいない。望むものは大地が与えてくれる。自分の羽がムクドリモドキのように華やかでないと嘆くことはけっしてない。自然があの鳥に与えた声をきみも聞いたことがあるだろう。ナイチンゲールのほうがあの鳥よりも幸せだと、きみは思うかね」

ダヴィドは立ちあがった。木の上のカラスが耳ざわりな声で鳴いている。

「ありがとうございました、ブリルさん」ダヴィドはゆっくりと言った。「つまり、ぼくのしゃがれ声のなかにナイチンゲールのさえずりはひとつもなかった、ということですね」

「あれば聞き逃すはずがない」ブリル氏はため息混じりに言った。「わたしは隅から隅まで目を通した。詩は生活のなかで実践するといい。書くのはもうやめなさい」

「ありがとうございます」ダヴィドはもう一度、感謝のことばを述べた。「では、羊のもとへ帰ります」

「いっしょに食事でもどうだ」ブリル氏は言った。「そのあいだは悲しみをやり過ごしてくれるなら、くわしく理由を説明してやろう」

「けっこうです」詩人は言った。「野原へもどって、このカラスの声で羊を追い立てなくてはいけませんから」

ダヴィドは詩を脇にかかえ、重い足どりでヴェルノワへの帰り道を歩いた。村に着くと、ゼイグラーという男の店にはいった。その男はアルメニア出身のユダヤ人で、手にはいるものはなんでも売っていた。

「店主」ダヴィドは言った。「うちの羊が森のオオカミに丘で襲われて困ってるんだ。羊を守るために銃を買わなきゃならない。この店には何がある？」

「きょうのおれはついてないぜ、ミニョよ」ゼイグラーは両手をひろげて言った。「ほんとの値打ちの十分の一にも満たない値段で、あれをあんたに売らなきゃならないみたいだからな。つい先週、王室の御用商人が開いた競売で行商人が手に入れた品物を、おれが荷馬車一台ぶん買いとったんだ。売りに出されてたのは、どこだかの貴族の――爵位はわからんが――そのお屋敷と持ち物で、どうやらそいつは国王への反逆罪で追放されたらしい。その品のなかに上等の銃がいくつかある。この拳銃《けんじゅう》を――王子なんかにぴったりの銃なんだがな！――わが友ミニョにたったの四十フランで売ってやろう――おれは十フラン損しちまうがね。だが、ひょっとしたら火縄銃のほうが――」

「これでじゅうぶんだ」ダヴィドは言って、金をカウンターへほうり投げた。「弾ははいってるのか」

「おれが入れてやろう」ゼイグラーは言った。「もう十フラン出せば、おまけの火薬と弾丸もつけるぞ」

ダヴィドは上着の下に拳銃をしまって、歩いて帰った。家にイヴォンヌはいなかった。近ごろはよく近所を遊び歩くようになっていた。それでも、台所の調理用レンジに火がついていた。ダヴィドはその扉をあけて、炭の上へ詩の原稿を投げこんだ。それらは燃えながら、煙突のなかで耳ざわりな声で歌った。

「カラスの歌だ！」詩人は言った。

屋根裏部屋へあがって、戸を閉めた。村はあまりにも静かだったので、二十人もが銃声を聞いた。音がしたあたりに集まった人々は、漏れ出る煙を見つけて、階段をのぼった。

男たちは詩人の亡骸《なきがら》をベッドに横たえ、哀れな黒いカラスの傷ついた羽を隠そうと、ぎこちない手つきで整えてやった。女たちはたいそう気の毒がって、ぺちゃくちゃとしゃべり立てた。そのうちの何人かがイヴォンヌへ知らせにいった。

例の鼻で真っ先に騒ぎを嗅《か》ぎつけたパピノー氏は、拳銃を拾いあげると、鑑定家らしさと悲しみの入り混じった表情で、そこに施された銀細工に目を走らせた。

「これは」脇を向いて、主任司祭にささやいた。「ボーペルトゥイ侯爵の個人紋章と家紋だ」

都市通信

A Municipal Report

テネシー州ナッシュヴィルは、南北《なんぼく》戦争下にあっては南軍の要衝であり、いまも南部気質《かたぎ》を色濃く残す町だった。「わたし」は、随筆家で詩人のアゼリア・アデアとの契約交渉のためにここを訪れていたが、思いがけず、ある殺人事件に「加担」することになってしまう――。

都市はみな誇りに満ち、
それぞれに競い合い――
この都市は山腹から、
かの都市は船荷を積みし海辺から。

――ラドヤード・キプリング

シカゴやバッファロー、あるいは、そう、テネシー州ナッシュヴィルを舞台にした小説を想像できるだろうか。アメリカ合衆国には、〝物語〟を具《そな》えた大都市はたったの三つしかない――もちろんニューヨーク、それからニューオーリンズ、そして最高なのはサンフランシスコだ。

――フランク・ノリス

東は東、西はサンフランシスコ（キプリング『東と西のバラード』の冒頭「東は東、西は西」のもじり）。カリフォルニア人に言わせると、そういうことになる。カリフォルニア人というのは人種であって、単にその州に住む者を指すわけではない。カリフォルニア人は西部の南部人だ。シカゴ人もカリフォルニア人に劣らず、自分たちの市への忠誠を示すが、その理由を尋ねると、みな口ごもりながら、ミシガン湖でとれる魚やオッド・フェロー・ビルのことしか話さない。一方、カリフォルニア人はとてもくわしく教える。

当然ながら、カリフォルニア人が気候について語りだすと、三十分ではおさまらない。そのあいだ、聞かされる側は石炭の代金の支払いや厚い肌着のことを考えている。だが、こちらの沈黙を感心して聞いている証《あかし》と勘ちがいしたとたん、カリフォルニア人には狂気が舞いおり、金門湾の街サンフランシスコのことを、新世界のバグダッドとして熱をこめて語りだす。それはひとつの意見だから、反論するには及ばない。けれども、（アダムとイヴの末裔《まつえい》である）親愛なる諸君よ、地図を指さして、「この町におもしろい物語なんてありっこない——こんなところで何が起こるというのか」と決めつけるのは早すぎる。歴史や冒険や地理を一行で片づけようとするのは、大それて向こう見ずなことだ。

ナッシュヴィル——都市、荷卸港、テネシー州の州都。カンバーランド川沿岸に立地し、ナッシュヴィル・チャタヌーガ・アンド・セントルイス鉄道とルイーズ・アンド・ナッシュヴィル鉄道の沿線にある。南部で最も重要な教育の中心地と見なされている。

わたしは午後八時に列車をおりた。うまく言い表すことばを探して類義語辞典をあたってみたが、無駄に終わったので、かわりにとりあえず、配合表の形で表現するしかない。

ロンドンの霧三十パーセント、マラリア十パーセント、ガス漏れ二十パーセント、夜明けに煉瓦《れんが》敷きの中庭にたまる夜露二十五パーセント、スイカズラのにおい十五パーセント。それらを混ぜ合わせる。

これでナッシュヴィルに降る霧雨の感じがおおよそ伝わるだろう。防虫剤ほどの強い香りはなく、〝豆スープ〟（ロンドンの濃霧を表す決まり文句）ほど濃厚でもない。だが、これでじゅうぶんだ――しっかり効く（『ロミオとジュリエット』で、ロミオの親友マキューシオが絶命する前に発することば）。

ホテルへは荷馬車に乗っていった。フランス革命時代に死刑囚を護送したという二輪馬車だ。それによじのぼって、断頭台へ運ばれるシドニー・カートン（ディケンズ『二都物語』の主人公）の真似をするんじゃないぞと、自分を必死で抑えつけた。荷馬車を引いているのは前時代の遺物のような馬で、歴史を経て解放された黒い男が操縦していた。

眠くて疲れていたので、ホテルに到着するとすぐ、要求された五十セントを御者に支払った（それに見合ったチップもいっしょに払ったので、ご安心を）。この手の者たちの習性は心得ていた。以前の〝旦那《だんな》さま〟だの、〝あの戦争の前〟に起こった出来事だのについて、だらだら話すのを聞きたくなかったのだ。

そこはいわゆる〝新装改築〟と称されるホテルだった。つまり、二万ドルを投じて、ロビーには新しい大理石の柱、タイル、電灯、真鍮《しんちゅう》の痰壺《たんつぼ》を設置し、上階の各客室の壁にはルイーズ・アンド・ナッシュヴィル鉄道の最新の時刻表とルックアウト・マウンテンのリトグラフを飾ったということだ。ホテルの経営は非の打ちどころがなく、その応対は南部流の洗練された心尽くしのもてなしぶりで、そのサービスはカタツムリの歩みよりものろく、目覚めたら二十年経っていたリップ・ヴァン・ウィンクル並みにのどかだった。提供される食事は千五百キロの彼方《かなた》から旅してくるに価するものだ。このような鶏《とり》レバーの串焼《くしや》きを食べられるホテルは、世界にふたつとない。

ディナーの席で、黒人のウェイターにこの町で何かおもしろそうなことはないかと尋ねた。ウェイターは少しのあいだ考えこんでから答えた。「そうですね、お客さま、夕方からあとは何もございません」

日は完全に落ちていて、しばらく前から霧雨のなかに没している。街の見物もできないというわけだ。それでも何かありはしないかと、わたしは外へ出て霧雨のなかを歩くことにした。

ナッシュヴィルは起伏のある土地に建設された。街路は電灯に照らされ、かかる経費は年間三万二千四百七十ドル。

わたしがホテルを出ると、人種暴動が起こっていた。こちらへ向かって、解放民だか、アラブ人だか、ズールー族だかの一団が武器を手に押し寄せてくる——いや、見たところ、持っているのはライフルではなく鞭《むち》だったので、ほっとした。そして、黒くて不《ぶ》恰好《かっこう》な馬車がぼんやりと並んでいるのが見え、「この町のどこへでも五十セントで行きますぜ、旦那」という呼び声が聞こえて、さらに安心した。ここでのわたしは暴動の標的ではなく、ただの資金源らしい。

わたしは長い通りをいくつも歩いた。のぼり坂ばかりだ。くだりに転じることはあるのだろうかと思った。工事でもしないと、どうにもならないのかもしれない。〝目抜き通り〟のいくつかでは、そこかしこに明かりのついた店があり、通り過ぎる路面電車が善良な市民を乗せてあちらこちらへ運んでいく。人々がおしゃべりに興じながら行き交い、ソーダ水とアイスクリームを売るパーラーからは、なかなかにぎやかな笑い声が聞こえてくる。〝目抜き〟ではない通りは、平和と団欒《だんらん》へと純化された家々を両側に引き寄せているかのようだ。それらの家の多くでは、ていねいに引かれた日よけの奥で明かりがともり、申し分なく整ったピアノの調べがいくつかから聞こえる。たしかに、〝おもしろそうなこと〟はないに等しい。日が沈む前に来るべきだった。そこでわたしはホテルへ引き返した。

一八六四年十一月、南部連合軍のフッド将軍がナッシュヴィルへ向かって進撃し、トーマス将軍が指揮する北軍部隊を封じこめた。トーマス将軍は反撃に出て、激戦のすえ南部連合軍を破った。

嚙《か》み煙草（煙草の葉をガムのように嚙んで風味を味わい、唾液《だえき》とともに吐きだす）が嗜好《しこう》される地域において、非暴力の戦闘で発揮される南部人の〝射撃〟の正確さについては、これまでずっと耳にし、感嘆し、目撃もしてきた。ところが、ホテルにもどると意外なものが待ち受けていた。広々としたロビーに、新品で金ぴかの、ゆったりとして立派な真鍮の痰壺が十二個も置いてあったのだ。甕《かめ》と呼んでもいいほどの背丈があり、その口は、女子野球チームの名ピッチャーなら五歩離れたところからボールを投げてもどれかにはいるくらい広かった。しかし、激戦の気運が高まり、いまなお戦闘のさなかだというのに、〝敵は〟損害を受けていなかった。新品でぴかぴかの、ゆったりとして立派な姿で、無傷のままそこに立っている。ああ、一度も実戦で使用されなかったジェファーソン砦《とりで》の煉瓦塀が思い出される！　それに引き換え、タイル張りの床の――美しいはずの床はどうか！　わたしはナッシュヴィルの戦いのことを考えずにはいられず、また、ばかげた癖だが、古来の〝射撃〟の技術についてもあれこれ推論しようとした。

そこではじめて、わたしはウェントワース・キャズウェル少佐に会った（〝少佐〟などと呼ぶのはどうかと思うが）。ひと目見るなり、どんな種類の男かわかった。ドブネズミは特定の生息地を持たない。わが旧友である詩人のA・テニスンの巧みな詩句がすべてを物語っている。

預言者よ、わが饒舌《じょうぜつ》を罵《ののし》りたまえ、
われをイギリスの害獣と、ドブネズミと罵りたまえ。

この詩の〝イギリス〟は、好き好きに別のことばに換えてかまわない。ドブネズミはドブネズミだ。
その男は、骨を埋めた場所を忘れた空腹の犬のようにホテルのロビーを漁《あさ》っていた。広々とした顔は赤みがかって肉づきがよく、ブッダのように重苦しく眠たげな表情をしている。よい点がひとつあった――ひげをていねいに剃《そ》っていたことだ。無精ひげがなければ、獣めいた特徴は隠せなくもない。その日、この男がもし剃刀《かみそり》を使っていなければ、近づいてきてもわたしははねつけただろう。そうすれば、世界の犯罪カレンダーに殺害事件がひとつ加えられずにすんだはずだった。

　キャズウェル少佐が痰壺めがけて〝射撃〟を開始したとき、わたしはたまたま、そこから一メートル半ほどのところに立っていた。しっかりと観察していたので、攻撃軍が小口径のライフルではなくガトリング砲を使っているのを見逃さなかった。わたしがすばやく脇へよけると、少佐はすかさず非戦闘員のわたしに詫《わ》びを告げた。滔々《とうとう》と語る男だった。四分もすると少佐はわが友となり、わたしをバーのほうへいざなった。

ここで、わたしも南部人だと言っておこう。だが、南部で職に就いているわけでも、商売をしているわけでもない。紐《ひも》タイも、つばの広いソフト帽も、丈の長いダブルのフロックコートも着用しないし、シャーマン法で綿花がどれほど損害を受けたかを言い立てないし、嚙み煙草をたしなみもしない。楽団が〈ディキシー〉を演奏しても喝采《かっさい》しない。四隅に革を張った椅子にゆったりと背を預けて、ヴェルツブルガー産の白ワインをもう一杯注文し、あのときロングストリート将軍が負傷していなかったら、などと考えたところでなんの役に立つというのか。

キャズウェル少佐がバーのカウンターをこぶしで叩《たた》くと、戦いの火蓋《ひぶた》を切るサムター要塞《ようさい》で端緒の銃撃がふたたびとどろいた。やがて、終戦の地アポマトックスで最後の一発が発砲され、わたしは希望を持ちはじめた。ところが、少佐は自分の家系について語りだし、アダムはキャズウェル一族の傍系の曾祖父《そうそふ》の兄のひ孫にあたる遠からぬ親戚《しんせき》だと説明した。家系の話に決着をつけると、忌まわしいことに、こんどは自分の家族のこまごましたことを話題にしはじめた。妻の話を持ち出し、その家系をイヴにまでさかのぼっていって、イヴがノドの地（創世記第四章第十六節）に親族を持っていたというあらゆる風説を大胆にも否定した。

そのころには、この男は騒々しくすることで、酒を注文したことをうやむやにしようとしているのではないか、わたしが混乱していっしょに支払うことを狙っているのではないかとわたしは疑いはじめていた。しかし、ふたりとも飲み終えると、少佐はカウンターに一ドル銀貨を威勢よく置いた。そうなると当然、つぎの一杯はこちらがおごらざるをえない。その支払いをすませると、わたしはぞんざいに別れを告げた。これ以上付き合うのはご免だったからだ。ところが、ようやく解放されるというそのとき、少佐は妻が金を手に入れたことを大声で告げ、ひとつかみの銀貨を見せた。

フロントで鍵《かぎ》を受けとったとき、係が丁重に言った。「あのキャズウェルという男が迷惑でしたら、苦情を申し立てていただければ追い出します。まったく迷惑な怠け者なのですが、いったいだれが援助しているのか、たいがいは金に困っていないようです。ただ、どうも合法的に追い出す手立てを思いつけませんでしてね」

「いや、それには及ばない」少し考えてからわたしは言った。「苦情を申し立てる気はないな。だが、あの人の話し相手をつとめるのは願いさげだと、この際はっきり言っておくよ。ところで、この街だけど」わたしはつづけた。「静かなところのようだね。ここを訪れてきたよそ者が、催しとか冒険とか、何か楽しめるようなことはないのかな」

「そうですね」フロント係は言った。「来週の木曜にショーがおこなわれる予定です。内容は――お調べして、紹介文を冷たい水といっしょに部屋へお届けしましょう。では、おやすみなさいませ」

自分の客室へもどると、わたしは窓から外をながめた。まだ十時くらいだが、眼下にあるのは静まり返った街並だ。降りつづく霧雨のなかで光る鈍い明かりは、婦人クラブの交換所で売られるケーキのなかのスグリに負けないほどまばらだ。

「静かなところだ」一方の靴で真下の部屋の天井を蹴《け》りながら、わたしはひとりごとを言った。「東部や西部の街とちがって、暮らしに彩りや変化をもたらすものがここにはまったくない。善良で平凡で単調な、ただの産業都市なんだな」

ナッシュヴィルは、この地方の産業中心地のなかでもきわめて重要な位置を占めている。ブーツと靴の売上は全米で五番目、キャンディとクラッカーの製造は南部で最大、そして、繊維製品、食料雑貨、医薬品の卸売産業も盛んである。

わたしがナッシュヴィルに来たいきさつを話さなくてはならない。話の脱線はだれもが退屈に感じるもので、わたし自身もそうだ。仕事柄、全国各地をめぐっているのだが、北部のある文芸雑誌から依頼され、ナッシュヴィルに寄り道して、その出版社と執筆者のひとりアゼリア・アデアとの個人契約交渉を担当することになったのだった。

アデア（筆跡以外にこの人物についての手がかりはない）から数編の随筆（失われた芸術！）と詩が送られてきたとき、編集者たちは遅い昼食をとりながらそれに目を通し、これはいけると絶賛したという。わたしが請け負った仕事は、件《くだん》のアデアをつかまえて、他社が一語につき十セントや二十セントの条件をちらつかせる前に二セントで契約をまとめるというものだった。

翌朝の九時、鶏《とり》レバーの串焼《くしや》きを食べたあと（このホテルが見つかったら、試すといい）、霧雨の降るなかへ出た。雨はいっこうにやむ気配がない。最初の曲がり角でシーザーじいさんに出くわした。頑丈そうな体つきの黒人で、ピラミッドより年をとっていて、灰色の縮れ毛と顔立ちがブルータスを思わせたが、すぐにズールー王国の亡きセテワヨ王が頭に浮かんだ。これまで見たことも今後見ることもなさそうな珍しいコートを着ている。コートの裾《すそ》は足首まで届き、かつては南部連合の軍服のグレーだったのだろう。だが、雨や日差しや歳月にさらされて多くの斑《まだら》ができ、ヨセフの彩り豊かな衣（創世記第三十七章第三節）も、これと並べたらただのくすんだ色に見えるだろう。このコートについては、さらに説明しなくてはならない。というのも、これから話す物語に関係があるからだ。この物語の前置きがあまりにも長いのは、ナッシュヴィルではほかにおもしろいことが期待できないからだ。

かつては将校が着ていた軍用のコートだったにちがいない。肩まわりのケープはもうないが、前側にみごとな肋骨《ろっこつ》飾りと房がついたものだ。しかし、いまはその肋骨飾りも房も失われていた。そのかわり、ありふれた麻のより糸を巧みに編みこんで細工した新しい肋骨飾りが丹念に縫いつけられていた(おそらく、長生きの〝黒いばあや〟の手によるものだろう)。だが、それもこすれてけば立ち、垂れさがっている。かつての輝きのかわりにしようとして、味わいには欠けるものの、丹精こめてコートに付け加えられたにちがいない。というのも、はるか昔になくした肋骨飾りの曲線とぴったり合っているからだ。このコートの滑稽《こっけい》さともの悲しさは、ひとつをのぞいてボタンがないせいで際立っていた。残っているのは上から二番目のボタンだけだ。別のより紐をボタン穴と反対側に乱暴にあけられた穴に通して結ぶことで、コートの前側が閉じられていた。これほど不気味で風変わりに飾り立てられ、濃淡もさまざまな斑だらけのコートがほかにあるだろうか。たったひとつ残ったボタンは、大きさが五十セント硬貨ぐらいで、黄色い角《つの》から作られ、粗いより糸で縫いつけられている。

シーザーじいさんは馬車のそばに立っていた。その馬車はまるで、方舟《はこぶね》から二頭の馬を引き連れて出てきたハム（創世記第九章第十八節）がそれを商売で使ってきたかのように古びていた。わたしが近づくと、シーザーは馬車の扉をあけ、羽根のはたきを引き抜いてから、それを使うことなく左右に振り、よく響く低い声で言った。

「お乗んなさい、旦那《だんな》。塵《ちり》ひとつありませんぜ。葬式からもどったばかりなんで」

そのような催しがあると馬車は特別に清掃されるのか、とわたしは思った。通りを見渡して、路肩に並ぶほかの貸し馬車をながめたところ、どうやら選ぶ余地はなさそうだ。そこで、手帳をひろげてアゼリア・アデアの所番地を探した。

「ジェサミン通り八六一番地へ行ってくれ」そう言って、馬車に乗りこもうとした。大きいところがその瞬間、黒人の太くて長いゴリラのような腕がわたしをさえぎった。大きくて陰気な顔ががらりと変わって、ほんの一瞬、疑いと敵意の色が浮かんでいる。だが、すぐにもとの顔にもどり、取りつくろうように訊《き》いてきた。「どんな用があるんですかね、旦那」

「あんたに関係なかろう」わたしは少し険しい口調で言った。

「ええ、旦那、ちっともないです。ただね、あそこは町はずれのさみしいところでして、用があって出かける人なんて、めったにおらんもんですから。どうぞ、お乗んなさい。塵ひとつありませんぜ。葬式からもどったばかりなんで」

目的地までは三キロもなかったにちがいない。でこぼこした煉瓦《れんが》敷きの道を走る、古びた馬車のすさまじい振動音しか聞こえなかった。鼻に届くのは霧雨のにおいばかりだったが、まもなく石炭の煙と、タールとキョウチクトウの花が混じったかのようなにおいも漂ってきた。水滴の流れ落ちる窓から見えるのは、道の両側に建つぼんやりした家並だけだった。

市の面積は千三百平方キロ余り、街路の長さは約二百九十キロで、そのうち約二百二十キロが舗装されている。上水道は二百万ドルかけて整備され、給水主管の長さは百二十四キロに及ぶ。

ジェサミン通り八六一番地には荒れ放題の建物があった。それは通りから三十メートルほど奥まったところに建ち、鬱蒼《うっそう》とした木立と手入れされていない茂みに埋もれていた。一列に並んだツゲの低木は伸びっぱなしで、杭《くい》打ちの柵《さく》を覆い隠す寸前だ。門の扉は、門柱とひとつ目の杭にめぐらして輪にした縄で閉めてある。だが、中へはいれば、この八六一番地の建物がかつて気高く壮麗だった屋敷の抜け殻であり、影であり、亡霊であるとわかる。とはいえ、この物語では、わたしはまだ屋敷へ足を踏み入れていない。

馬車の揺れがおさまり、くたびれた馬たちが足を止めたので、わたしはシーザーに五十セント、そこで気前のよいところを見せたくなって、さらに二十五セントを添えて渡した。御者はその金を受けとらなかった。

「お代は二ドルですぜ、旦那」

「なんだって？」わたしは尋ねた。「はっきり聞いたぞ、〝この町のどこへでも五十セント〟だと、ホテルで言ってたじゃないか」

「二ドルです、旦那」御者は頑《かたく》なに繰り返した。「ホテルから遠かったんで」

「ここは市内だし、市の外へ出るまでずいぶんある」わたしは言い張った。「新参の北部人を乗せたと思うなよ。あそこの丘が見えるか？」東の方角を指しながらつづけた（わたし自身は霧雨のせいで見えなかった）。「いいか、わたしはあの丘の反対側で生まれ育ったんだ。ふざけた老いぼれの黒人め、見てもよそ者と区別がつかないのか」

セテワヨ王のいかめしい顔が和らいだ。「南部の人ですかい、旦那は。その靴にだまされましたで。南部の旦那さんたちが履くのは、先っちょがとんがってるやつだもんでね」

「では、料金は五十セントだな」わたしはきっぱりと言った。

ついさっき見えた強欲と敵意の入り混じった表情が御者の顔にもどり、十秒とどまってから消えた。

「五十セントでいいですぜ、旦那。けど、二ドル要るんですよ。どうしても二ドル要る。二ドルよこせとはもう言いません。旦那がどっから来なすったか、わかったんでね。ただ、今夜、二ドルなくちゃなんねえんです。なのに、商売があがったりなんで」

大作りな顔に安堵《あんど》と自信が浮かびあがった。この男は自分で考えているより幸運だ。料金の仕組みもよく知らない新参者ではなく、金に余裕のある者を乗せたのだから。

「ろくでなしの悪党め」わたしは言い、ポケットへ手を伸ばした。「ほんとうなら警察へ突き出してやるところだ」

その御者が笑みを浮かべるのをはじめて見た。そうか、わかっていたのか。はじめからわかっていたのか。

わたしは一ドル札を二枚渡した。御者に手渡すとき、その一方が苦難を乗り越えてきた紙幣だと気づいた。右上の角がなくなって、真ん中まで破れていたのをもう一度貼り合わせてある。青く細長い薄紙が破れ目にあてがわれ、貨幣としての価値をかろうじて保っていた。

アフリカの無礼者にくれてやるには、これでじゅうぶんだ。うれしそうな御者をそこに残し、わたしは縄を持ちあげて、きしんだ音を立てる門をあけた。

先にも言ったように、屋敷は抜け殻だ。ペンキの刷毛《はけ》が使われたことは、この二十年で一度もないだろう。強い風がトランプカードの家さながらにこの家を吹き飛ばさないのが不思議だったが、屋敷を抱きかかえるようにして生い茂る木立をまた見て、理由がわかった。ナッシュヴィルの戦いを目のあたりにしたこれらの木々は、嵐や外敵や寒さから屋敷を守ろうと枝を伸ばしつづけていたのだ。

アゼリア・アデアは五十歳の女で、髪が白く、騎士の末裔《まつえい》であり、住んでいる屋敷に劣らずもろくてはかなげで、見たことがないほど安っぽいが清潔なガウンをまとい、女王のように淡々とした態度でわたしを迎えた。

応接室はゆうに一キロ四方の広さがあるように見えた。部屋には、無塗装の白っぽいマツ材の本棚とまばらに置かれた本、大理石の天板にひびがはいったテーブル、擦り切れた敷物、馬毛のかなり抜けたソファー、それに椅子が二、三脚あるだけで、ほかには何もない。そう、あとは壁に一枚の絵が掛かっている。群生しているパンジーが描かれたクレヨン画だ。アンドリュー・ジャクソン（第七代大統領）の肖像画や、松かさを入れた吊《つ》りさげ式のバスケットがないかと探したが、そこには見あたらなかった。

アゼリア・アデアとわたしが交わした会話を少し紹介しよう。アゼリアは旧南部の生まれで、閉ざされた世界で大切に育てられた。知識の幅は広くないが、せまい範囲なりによく練られた、すばらしく創意に富んだ考えを育《はぐく》んだ。教育は家庭で受け、世界に関する知識は推論と直感に由来する。ひとにぎりの傑出した随筆家というのは、このようにして作られる。アゼリアが話しているあいだ、わたしは無意識のうちに指を振り、ラム、チョーサー、ヘイズリット、マルクス・アウレリウス、モンテーニュ、フッドなど、背表紙と四隅が子牛革で装丁された本から、ありもしないほこりを恐縮しつつ払い落とそうとしていた。アゼリアはすばらしかった。価値ある人材だ。近ごろはだれも彼もが知りすぎている。あまりにもたくさんの、知らなくてもいい現実世界のことを。

アゼリア・アデアが貧しいことは、はっきりと見てとれた。屋敷と着るものしか持っていないのではないだろうか。出版社に対する責務と、カンバーランド河岸でトーマス将軍と対峙《たいじ》しつつ、その戦火をくぐり抜けたこれらの詩人や随筆家たちに対する忠誠心とのあいだで揺れていたわたしは、ハープシコードのようなアゼリアの声に耳を傾けながら、契約の話を切り出せずにいた。ギリシャ神話の九美神や、美の三女神を前にして、二セント云々《うんぬん》といった低俗な話題を持ち出すのはむずかしい。まずは商人魂を取りもどし、改めて会う機会を設ける必要があった。ともあれ、わたしはここへ来た目的を告げ、翌日の午後三時に仕事上の提案について話し合うことにした。

「この街は」帰り支度をはじめながら、わたしは言った（こんなときは当たり障りのないことを話すものだ）。「静かで落ち着いていますね。日常からはずれたことがほとんど起こらない故郷の地といったところでしょうか」

市は焜炉《こんろ》と銀食器について、西部や南部と大規模な取引をおこなっている。また、製粉工場の生産は一日あたり二千バレルにのぼる。

アゼリア・アデアはじっと考えているようだった。

「この街をそのように思ったことはありません」持ち前の気性と思われるひたむきな激しさをこめて、アゼリアは言った。「平穏で静かな場所だからこそ、何かが起こるのではありませんか。神が最初の月曜の朝に地球を創りはじめ、永遠なる丘陵を築きたもうたとき、窓から身を乗り出したら、神の鏝《こて》からしたたる泥のしずくの音が聞こえたことでしょう。この世界で最も騒がしい計画——つまり、バベルの塔の建設ですが——あれは結局どうなったでしょうか。《ノース・アメリカン・レビュー》誌にエスペラント語の欄が一ページ半載っているにすぎません」

「もちろんです」わたしは陳腐なことばを並べた。「人間はどこにいても同じです。しかし、中にはほかの街と比べて多くの彩り——ええ、劇的なことや、活動や、そう、冒険などに満たされた街もあります」

「見かけのうえではそうでしょうね」アゼリア・アデアは言った。「わたくしはふたつの翼で浮遊する黄金の飛行船に乗って、何度も世界を旅してまわりました——書物や夢のなかでね。公の場で顔の覆いをとったことで妻のひとりを絞め殺したトルコのスルタンを（空想上の旅のさなかに）目にしました。また、妻が顔に白粉《おしろい》を塗って出かけたせいで観劇の切符を破り捨てたナッシュヴィルの住民も見ました。サンフランシスコのチャイナタウンでは、奴隷のシン・イーという少女が、アメリカ人の恋人に二度と会わないと誓うまで、煮えたぎるアーモンド油のなかにゆっくりと、少しずつ漬けられていくのを見ました。シン・イーが観念したとき、油は膝上《ひざうえ》十センチの高さに達していました。この前の晩、イースト・ナッシュヴィルで開かれたユーカー（トランプゲームの一種）の会では、キティ・モーガンが七人の学友や生涯の友から知らぬふりをされるのを見ました。キティが塗装工と結婚したからです。煮えたぎる油は、彼女の心臓の高さまで達して、じりじりと焦げついていました。ですが、つぎつぎとテーブルを移動する彼女の上品な微笑みを、あなたにもお見せしたかった。ええ、たしかにここは単調な街です。赤煉瓦《あかれんが》の家やぬかるみや商店や材木置き場が、ほんの数キロ並んでいるだけですから」

屋敷の裏手で何者かがドアをノックする鈍い音が響いた。アゼリア・アデアは小声でことわりを入れ、音の正体をたしかめに行った。三分でもどってくると、その目は輝き、頬にはかすかに赤みが差し、肩から十年の重荷が取り去られたかのようだった。

「お帰りになる前に、ぜひお茶を一杯どうぞ」アゼリアは言った。「それとシュガーケーキも」

アゼリアは小さな鉄の呼び鈴に手を伸ばし、それを振った。十二歳くらいの小柄な黒人の少女が足を引きずるように現れた。素足で、まともな服装とは言えず、親指をくわえて、突き出した目でわたしを見つめている。

アゼリア・アデアは小さな使い古しの財布を開いて、一ドル札を抜き出した。右上の角がなくなって、真ん中まで破れていたのを青く細長い薄紙で貼り合わせてある。あの詐欺を働いた黒人御者に渡した札の一枚だ。見まちがえようがない。

「角のベイカーさんのお店へ行ってちょうだい、インピー」そう言って、少女に一ドル札を手渡した。「お茶を百グラム――ベイカーさんがいつもよこしてくれるのと同じ種類のね――それと、シュガーケーキを十セントぶん。さあ、急ぎなさい。ちょうどお茶を切らしていたところです」アゼリアはわたしに説明した。

インピーは裏口から出ていった。その硬い素足が立てる音が裏手のポーチへ消えるより早く、鋭い声――まちがいなく少女の声――がうつろな屋敷に響き渡った。それから怒った男の低く荒っぽい声がして、少女はさらに悲鳴をあげ、よくわからないことばを叫んだ。

アゼリア・アデアは驚きも動じもせずに立ちあがり、部屋を出ていった。男の荒っぽい声が二分つづき、それから罵声《ばせい》らしきものとばたばたした足音が響いたあと、アゼリアは落ち着いて椅子にすわりなおした。

「広い屋敷でしてね」アゼリアは言った。「一部を間貸ししているのですよ。残念ですが、お茶のお誘いを反古《ほご》にしなくてはなりません。あの店からいつも求めている茶葉が手にはいりませんでした。あしたなら、ベイカーさんが届けてくれるでしょう」

インピーがこの屋敷から出ていく時間はなかったのはたしかだ。わたしは路面電車の路線について尋ね、屋敷をあとにした。ずいぶん経ってから、アゼリア・アデアの正式な名前をまだ知らないことに気づいた。だが、あすでもなんとかなる。

同じ日、わたしはこの活気のない街が自分に押しつけてきた邪悪なものへ向けて踏み出すことになる。ここに滞在してまだ二日だが、そのあいだに電報でずうずうしく嘘をつけるようになった。さらには、ある殺人事件の——これが正しい法律用語かわからないが——事後共犯者になったのだ。

ホテルからすぐの角を曲がろうとすると、世にふたつとない斑《まだら》だらけのコートを着たあの悪魔の御者がわたしをつかまえた。巡回する棺《ひつぎ》の土牢《つちろう》を思わせる扉を威勢よくあけて、羽根のはたきをさっと振り、お決まりの口上を述べはじめた。「お乗んなさい、旦那《だんな》。塵《ちり》ひとつありませんぜ。葬式からもどったばかりなんで。この町のどこへ行っても五十セント——」

相手がわたしだと気づいた御者は満面の笑みを見せた。「こりゃどうも、旦那。けさがたお乗せしたお客さんじゃないですか。あんときは、どうも」

「あす午後三時にまた八六一番地へ行くんだが」わたしは言った。「その時間にここにいるなら、連れていってもらおう。アデアさんを知ってるんだな」あの一ドル札を思い出して、わたしは言った。

「あっしは前に、あのかたのお父上のアデア判事にお仕えしとったんですよ、旦那」御者は答えた。

「アデアさんはずいぶんお困りのようだ」わたしは言った。「ほとんど金を持ち合わせていないらしくて」

御者は一瞬だけ、またあのセテワヨ王の恐ろしい形相になったが、すぐに小ずるい黒人の老いぼれ御者の顔にもどった。

「あのかたは飢え死にしやせんです、旦那」御者はゆっくりと言った。「財産を持ってなさるんでね、財産を」

「こんどは五十セントしか払わないぞ」わたしは言った。

「仰せのとおりにいたしますよ、旦那」御者はかしこまって言った。「けさはなんとしても二ドル入り用だったんで」

わたしはホテルへもどり、電気装置に向かって嘘をついた。出版社にこんな電文を送ったのだ――〝A・アデアは一語八セントを強硬に要求〟。

返ってきた答はこうだった――。〝さっさとそれで手を打て、のろま〟。

夕食の直前に、ウェントワース・キャズウェル〝少佐〟が、長らく音信不通だった友人に出くわしたような態度で、わたしに突進してきた。これほどすぐに嫌悪感をいだかせ、これほど遠ざけるのがむずかしい男には、なかなかお目にかかれない。それが詰め寄ってきたとき、わたしはバーカウンターのそばにいたので、禁酒の証《あかし》である白いリボンを目の前で振ってやることもできなかった。いざとなったら、わたしは進んで飲み物代を払ってやるつもりだった。そうすればつぎの一杯から逃げられると見こんでのことだ。しかし、相手はわけもなく騒いで人の注目を浴びたがる、卑しむべき大酒飲みだった。こういう手合いは、つまらないことにでも一セント使うたびに、楽隊つきで花火を打ちあげずにはいられないのだ。

一百万ドルの札束を取り出すかのように、少佐はもったいぶってポケットから一ドル札を二枚抜きとり、その一方をカウンターに勢いよく叩《たた》きつけた。わたしはまたしても、右上の角がなくなって、真ん中まで破れていたのを青く細長い薄紙で貼り合わせたあの一ドル札を目撃した。わたしの一ドル札だ。ほかのものであるはずがない。

わたしは自分の部屋へもどった。長くつづく霧雨と、平穏ながらわびしい南部の街の単調さにうんざりして、物憂い気分になっていた。寝る少し前に、(サンフランシスコを舞台とする極上の探偵小説の小道具にでもなりそうな)あの謎めいた一ドル札について、眠い頭でこんなふうに考えた。「この町に住む人の多くが〝御者信用組合〟の株を持ってるらしい。しかも、配当金がすぐに支払われる。ひょっとしたら

――」そこで眠りに落ちた。

翌日、セテワヨ王は例の場所で待っていて、煉瓦《れんが》敷きの道を骨に響くほどがたがた走り、八六一番地へ向かった。馬車はそこで待ち、わたしを乗せてもどることになっていた。

アゼリア・アデアは、前日より青白くさっぱりとして、一段と弱々しくなったように見えた。一語八セントで契約書に署名したあと、ますます顔色を失い、椅子から崩れ落ちた。わたしはたいした苦もなくその体を助け起こし、ノアの洪水を生き延びた馬毛のソファーにもたせかけた。それから歩道へ駆けだして、あのコーヒー色の海賊に、医者を呼んでくるように言いつけた。一刻を争う事態だと気づき、御者は賢明にも（この点では賢明だとわたしは疑いもしなかったが）馬車を放棄して、自分の足で通りを走っていった。十分もすると、白髪頭の立派で優秀そうな医者とともに帰ってきた。わたしはこの謎めいた閑散たる屋敷にいる理由を、（一語八セントの値打ちにはとうてい及ばないが）数語で説明した。医師はわかったというように重々しくうなずくと、御者へ顔を向けた。

「シーザーじいさん」医師は静かに言った。「わたしの家までひとっ走りして、ミス・ルーシーに頼んで、新鮮なミルクをクリーム入れに一杯と、ポートワインを大きなグラスに半分もらってきてくれ。急いでもどれよ。馬車はだめだぞ、走っていくんだ。今週中にはもどれ」

このメリマン医師もあの馬たちの走力を信用していないのがわかった。シーザーじいさんがどたどたと足音を立て、それでもすばやく通りへ駆けだしていくと、医師はわたしに丁重に接しつつ注意深く値踏みしていたが、やがて話しても問題ないと判断したらしかった。

「ただの栄養失調ですよ」医師は言った。「つまり、貧困とプライドと飢えによるものです。キャズウェル夫人には喜んで手を差し伸べる友人がたくさんいますが、夫人はだれにも助けを求めようとしないんです。あのシーザーじいさん以外にはね。以前こちらのお宅で雇っていたんですよ」

「キャズウェル夫人だって!」わたしは驚いて言った。契約書へ目を移すと、そこには〝アゼリア・アデア・キャズウェル〟と署名されていた。

「未婚だとばかり思ってました」わたしは言った。

「飲んだくれで役立たずの怠け者と結婚しているんですよ」医師は言った。「そいつは、生活費の足しにと言ってあの老僕が夫人に手渡すわずかの金までも巻きあげてしまうという話です」

ミルクとワインが運ばれてくると、医師はすぐにアゼリア・アデアの意識を回復させた。アゼリアは体を起こし、いまがたけなわである秋の紅葉の美しさと、その絶妙な色合いについて語った。また、昔から動悸《どうき》がひどく、それによってめまいの発作が起こることにも少しふれた。そのあいだ、ソファーに横たわるアゼリアにインピーが風を送っていた。メリマン医師がほかの用で発《た》つことになり、わたしは玄関までついていった。今後アゼリア・アデアが雑誌に寄稿する文章に対して、じゅうぶんな額を前払いできるように取り計らうつもりだと話すと、医者はうれしそうだった。

「ところで」医者は言った。「王族出身の御者を利用なさっていると知ったら、悪い気持ちはしないでしょうね。あのシーザーの祖父はコンゴの国王だったそうですよ。お気づきかもしれませんが、シーザー自身にも王公然としたところがあります」

医者が去っていき、シーザーじいさんの声が部屋から響いた。「あの二ドルを二枚とも持ってかれちまったんですか、アゼリアさま」

「そうよ、シーザー」アゼリア・アデアが弱々しく答えるのが聞こえた。わたしは部屋へもどり、未来の寄稿者と仕事の交渉をすませた。わたしは五十ドルの前払い金を支払う約束をし、それを契約の正式な必須《ひっす》事項とした。その後、シーザーの馬車でホテルへもどった。

以上が、参考人としてわたしが証言できる話である。ここからは、事実だけをそのまま述べることにする。

午後六時ごろ、わたしは散歩に出かけた。シーザーがいつもの持ち場にいた。馬車の扉をあけて、羽根のはたきをさっと振り、例の陰気な決まり文句を述べた。「お乗んなさい、旦那《だんな》。この町のどこへ行っても五十セント——塵《ちり》ひとつありませんぜ——葬式からもどったばかりなんで——」

そこで、わたしだということに気づいた。視力が落ちているのだろう。コートは一段と色あせ、より糸の紐《ひも》はさらによれてぼろぼろになり、最後に残っていたボタン——あの黄色い角のボタン——はなくなっていた。斑《まだら》の服を着たシーザーじいさんが王の末裔《まつえい》だったとは！

それから二時間ほど経ったころ、興奮した人々が薬局の前で群がっているのを目にした。何もない砂漠に天から神の糧が授けられた（出エジプト記第十六章第十四節）かのように見える。わたしは人混みへ分け入った。空き箱と椅子で即席に作られた寝台の上に、ウェントワース・キャズウェル少佐の死体が横たわっていた。生きている徴候がないかと医者がたしかめている。そんなものは見つからず、結論は明らかだった。

少佐は薄暗い通りで倒れているところを発見され、物好きで手持ちぶさたな住民たちの手で、この薬局へ運ばれた。少佐はすさまじい格闘をしたらしく、体に残る数々の痕《あと》がそれを物語っていた。怠け者のろくでなしだったが、その昔は武人だったのだ。しかし、いまや敗北した。両のこぶしがまだしっかり握られ、開こうとしない。少佐を知る心根のやさしい住民たちがまわりに立って、何かことばをかけてやれないものかと頭のなかを探っていた。できるものなら、少佐の長所について。人のよさそうな男が、しばらく考えたのちに口を開いた。「十四歳ぐらいのころだったか、キャズは綴《つづ》りにかけては学校で優等の部類だったよ」

わたしがそこに立っていると、白っぽいマッ材の箱の外に垂れていた〝ありし日の人間〟の右手の指がゆるみ、何かがわたしの足もと近くに落ちた。わたしはそれを片足でそっと踏み、しばらくしてから拾いあげてポケットに入れた。少佐は最後のあがきで、知らず識《し》らずのうちにこれをつかみ、握りしめたまま死んだのだろう。

その夜のホテルでは、政治や禁酒法といったふだんどおりの話題のほかは、キャズウェル少佐の死に関する話で持ちきりだった。ある男が耳を傾けている人たちに向かってこう言うのが聞こえた。

「わたしの意見では、皆さん、キャズウェルは金目当てで、ろくでなしの黒人に殺されたんだと思うね。キャズウェルはきょうの午後に五十ドル持っていて、それをこのホテルで何人かに見せているんだ。発見されたときに、その金は見あたらなかったらしい」

わたしは翌朝の九時にこの街を去った。列車がカンバーランド川に架かる橋を渡るとき、ポケットから黄色い角でできたボタンを取り出した。五十セント硬貨の大きさのボタンには、先端がほぐれた粗いより糸がぶらさがっている。それを窓からほうり投げ、橋の下でゆったり流れる泥の川へ沈めた。

さて、バッファロー市では何が起こっていることやら！

赤い酋長《しゅうちょう》の身代金

The Ransom of Red Chief

サムとビルのチンピラ二人組は、新たな儲《もう》け話のために二千ドルの資金を必要としていた。そこで、南部アラバマののどかな農村で有力者のひとり息子を誘拐し、身代金をせしめる計画を立てた。計画は完璧《かんぺき》だったが、想定外の問題があって――。

うまい話だと思ったんだ。まあ待ってくれよ、いま話してやるから。おれたちは――ビル・ドリスコルとおれのふたりは――南部のアラバマにいて、そこで今回の誘拐計画を思いついた。あとになってビルが言ったとおり、〝ついうっかり魔が差した〟わけだが、そうとわかったときには手遅れだった。

アラバマには、パンケーキのように平べったいくせしてサミット（頂上）なんて冗談みたいな名前の町があった。そこの住民は毒気がなくてのほほんと暮らしてる農民階級で、五月祭の踊りに集まってくるような連中だった。

ビルとおれには、ふたり合わせて六百ドルばかりの元手があったが、西イリノイでいかさまの土地取引をやってひと儲けするには、あと二千ドルばかり軍資金が足りなかった。おれたちは宿屋の玄関の踏み段に腰かけて相談した。で、こういう田舎っぽい町ではみんなやたらと子煩悩だって話になって、まあ、それだけが理由じゃないけど、ひとつ子供を誘拐してみようかってことになった。こういう町には新聞社もあまり興味がないだろうから、事件記者の連中がやってきて、あれこれ探りまわることもないはずだってな。サミットの町なら、おれたちを追っかけてくるとしても、冴《さ》えないおまわりとやる気のない警察犬何匹かがせいぜいで、あとは《週刊農民便り》で一度か二度、こっぴどくこきおろされて終わりだろう。こいつは名案だと思ったわけだ。おれたちはエベニーザー・ドーセットという有力者のひとり息子に目をつけた。この男は町の名士で、金にしぶくて、高利貸しまでやってたんだ。教会で献金皿がまわってきても、おつぎへどうぞと知らん顔するし、借金のかたはさっさと流しちまう。その息子というのは十歳で、顔は浮き彫りしたんじゃないかってくらい目立つそばかすだらけだった。髪の毛は、列車を待ってるときに駅の売店で買う雑誌の表紙みたいに真っ赤だったな。いくらドーセットでも、ひとり息子のためなら二千ドルの身代金ぐらい、小銭のつもりでほいほい払うだろう、とおれたちはにらんだ。まあ、待てって、いま話すから。

サミットの町から三キロばかりのところに、スギの木がびっしり茂った小さな山があってな。山の裏側の斜面には洞窟《どうくつ》があった。おれたちはそこに食べ物を運びこんだ。

ある日、空が暗くなってから、一頭立ての馬車でドーセットの屋敷の前を通った。そしたら子供が家の外に出て、向かいの塀の上にいる子猫めがけてせっせと石を投げていた。

「やあ、そこの坊や！」ビルが声をかけた。「飴玉《あめだま》を買ってやるから乗らないか」

小僧は煉瓦《れんが》のかけらをビルの目玉に命中させた。

「ちくしょう、もう五百ドルふんだくってやる」ビルは言い、車輪に足をかけて馬車をおりた。

小僧はウェルター級の黒クマ並みに暴れたが、おれたちはなんとか馬車の床に押しこみ、そのまま走り去った。小僧を洞窟へ連れていき、おれはひとまず近くのスギ林に馬をつないだ。そして、あたりがすっかり暗くなってから、借りてた馬車を五キロ離れた小さな村まで返しに行き、歩いて山へもどった。

ビルは、顔じゅうにできた引っ掻《か》き傷や打ち傷に絆創膏《ばんそうこう》を貼ってるところだった。洞窟の入口にある大きな岩の陰で火が焚《た》かれ、ぐらぐら煮えたぎったコーヒーポットを小僧がじっと見ている。赤い髪にハゲタカの尾の羽根を二本挿してる。おれが近づくと、やつは棒きれを突きつけてこう言った。

「おい、呪われた白人め。大平原を震えあがらせる〝赤い酋長《レッド・チーフ》〟の陣地にやってくるとは、いい度胸をしてるな」

「このガキ、すっかり元気になっちまいやがった」ビルがズボンの裾《すそ》をまくりあげ、向こうずねの打ち傷を調べながら言った。「インディアンごっこの相手をさせられてるとこだ。これに比べりゃ、バッファロー・ビルの芝居だって、町の公会堂の幻灯機で聖地パレスチナの風景を披露するみたいに静かなもんだよ。おれは罠《わな》猟師の〝ハンクじいさん《オールド・ハンク》〟で、赤い酋長の捕虜であって、あすの朝、日の出とともに頭の皮を剝《は》がれるんだとさ。あのジェロニモにな！　それにしても、こいつの蹴《け》りの強烈なことと言ったらないぜ」

そのとおり、小僧は絶好調だった。洞窟でキャンプできるのが楽しくて、自分のほうが捕虜であることを忘れちまったらしい。さっそくおれにも〝蛇の目《スネーク・アイ》〟とかいうスパイの名前をつけ、手下の戦士たちが戦いからもどってきたら、日の出とともに火炙《あぶ》りの刑に処すると宣告した。

それから晩めしを食った。小僧は口いっぱいにベーコンやらパンやらソースやらを詰めこんだまま、しゃべりだした。食卓でのご高説は、だいたいこんな感じだった。

「楽しいなあ。キャンプなんてはじめてだもん。でもフクロネズミを飼ってたことならあるよ。九歳の誕生日のときだ。学校なんかくそ食らえだな。ジミー・タルボットのおばさんのとこに斑模様《まだら》の雌鶏《めんどり》がいるんだけど、卵を十六個もネズミに食われちゃってさ。この森に本物のインディアンはいる？ グレイビーソースをもっとかけてくれよ。木が動くと風が起こるの？ うちには子犬が五匹いたよ。ハンク、なんでそんなに鼻が赤いのさ。うちの父さんはすごい金持ちだぜ。星は熱いの？ 土曜日にエド・ウォーカーを二回もひっぱたいてやった。女子は苦手だな。あんたら、ヒキガエルを紐《ひも》なしでつかまえたりできないだろ。雄牛は鳴く？ オレンジはなんでまるいの？ この洞窟にベッドはある？ エイモス・マーレイには足の指が六本あるんだ。オウムはしゃべれるけど、サルや魚はしゃべれない。いくつといくつで十二になるか知ってる？」

小僧は数分おきに自分が荒くれのインディアンであることを思い出しては、棒きれのライフルを手にとり、忍び足で洞窟の入口まで行って、憎らしき白人の斥候がいないかとあたりを見まわした。ときどき、インディアンの鬨《とき》の声をあげて、罠猟師のオールド・ハンクを身震いさせた。こいつはしょっぱなからビルをびびらせやがったんだ。

「レッド・チーフ」おれは小僧に言った。「家に帰りたいか」

「え、なんで?」小僧は言った。「家なんかつまらない。学校も大きらいだし。こうしてキャンプしてるほうがずっといい。おれを家に連れ帰ったりしないよな、スネーク・アイ」

「いますぐにはな」おれは言った。「もうしばらく、いっしょにこの洞窟にいてもらう」

「やったぜ!」小僧は言った。「おれはぜんぜんかまわないよ。こんなにおもしろいこと、生まれてはじめてだもん」

おれたちは十一時ぐらいに床に就いた。大きな毛布と上掛けをひろげ、レッド・チーフを真ん中にはさんで横になった。小僧が逃げ出す心配はなかった。それどころか、こっちは三時間も寝かせてもらえなかった。小枝が折れたり、木の葉がかさかさ鳴ったりするたび、小僧はぱっと飛び起きて棒きれのライフルをつかみ、おれたちの耳もとで「しっ、相棒」ときんきん声で言うんだ。初々しい想像力で、無法者の一団が忍び寄ってきてると思いこんでるんだ。それでも、なんとかうつらうつらしはじめたのはいいけれど、こんどはおれのほうが、荒くれ者の赤毛の海賊に誘拐されて木に縛りつけられる夢を見る始末だった。

ちょうど夜が明けるころ、ビルの恐ろしい悲鳴で目が覚めた。わめき声でも、うなり声でも、叫び声でも、怒鳴り声でも、金切り声でもなく、およそ男の喉《のど》から出たとは思えない声だったよ。女が幽霊や毛虫を見たときに振り絞るみたいな、恥もへったくれもない、聞いてるほうがぞっとする情けない悲鳴だった。屈強ででっぷり太ったこわいもの知らずの男が、夜明けに洞窟のなかでひいひい悲鳴をあげるのを聞くのは、気持ちのいいもんじゃないな。

おれは何事かとあわてて飛び起きた。レッド・チーフがビルの胸に馬乗りになり、片手で髪の毛をひっつかんでいる。反対の手には、ベーコンを切るときに使った鋭いナイフがある。前の晩にくだした宣告どおり、ほんとうにビルの頭の皮をひんむこうと奮闘してたんだよ。

おれは小僧の手からナイフをひったくって、もういっぺん寝かしつけた。でもその一件以来、ビルはすっかり怖《お》じ気づいちまった。もとの場所に横になりはしたけど、小僧がすぐ隣にいるとあっては、二度と目をつぶろうとしなかったんだ。おれはしばらくうとうとしたが、あたりが少しずつ明るくなってきたとき、日の出とともに火炙りにするとレッド・チーフから告げられたことを思い出した。別に緊張していたわけでも、こわかったわけでもないが、とりあえず体を起こしてパイプに火をつけ、岩に寄りかかった。

「やけに早起きだな、サム」ビルが言った。

「そうか？」おれは言った。「いや、ちょっと肩が痛くてな。体を起こしたほうが楽かと思ってさ」

「嘘つけ！」ビルは言った。「びびってんだろ。日の出とともに火炙りにすると言われたから、ほんとにやられるんじゃねえかって、こわいんだ。ああ、マッチさえ見つけりゃ、このガキはほんとにやりかねねえさ。えらいことになっちまったな、サム。わざわざ金を払って、こんな悪ガキを連れもどすやつがいるだろうか」

「いるさ」おれは言った。「こういう手のつけられない子供にかぎって、親はかわいくてしかたないと相場が決まってる。さあ、おまえもレッド・チーフもそろそろ起きて、朝めしを作っといてくれ。おれは山のてっぺんにのぼって偵察してくるから」

おれはその小さな山の頂上にのぼり、周囲に目を走らせた。サミットの町のあたりに、草刈り鎌や熊手で武装した農民義勇団か何かが卑劣な誘拐犯を追って付近を探しまわる姿が見えるにちがいないと思ってた。ところが見えたのは、のどかな風景のなか、焦げ茶色のロバを使って畑を耕してる男ひとりだけだった。小川の底をさらってる者もいなけりゃ、取り乱した両親のもとへ駆けこんで、なんの手がかりもないと知らせる者もいない。おれが見るかぎり、アラバマのその田舎町は、ただただ、のどかで眠気を誘う雰囲気をたたえてたよ。「もしかしたら」おれは心のなかで言った。「オオカミどもが柵《さく》のなかからかわいい子羊をさらってったことに、まだ気づいてないのかもな。神よ、オオカミにお恵みを！」それから朝めしを食おうと山をおりていった。

洞窟《どうくつ》にもどると、ビルが岩壁に追いつめられて肩で息をし、小僧がヤシの実の半分ほどもある石を叩《たた》きつけようとしてた。

「このガキ、ゆであがったばかりのジャガイモをおれの背中にほうりこみやがった」ビルは言った。「それから足でそいつをつぶしたんだぞ。横っ面を張り飛ばしてやったさ。サム、手もとに銃はあるか？」

おれは小僧の手から石を取りあげ、どうにかその場をおさめた。「これですむと思うなよ」小僧はビルに言った。「レッド・チーフを殴って無事だったやつはひとりもいない。いまに見てろ！」

朝めしをたいらげると、小僧は革の切れ端に紐を巻きつけたものをポケットから取り出し、紐をほどきながら洞窟の外へ出ていった。

「あのガキ、こんどは何をするつもりだ」ビルは不安そうに言った。「まさか逃げたりはしねえよな、サム」

「その心配はない」おれは言った。「家を恋しがるようなタマじゃないさ。そんなことより、身代金をせしめる計画を立てよう。見たところ、子供がいなくなったとサミットの町が大騒ぎしてる気配はなかったけど、まだ気づいてないだけかもな。ゆうべはジェーンおばさんのとこか、ご近所さんの家にでも泊まったと思ってるんだろ。とにかく、きょうのうちには、姿が見えないことに気がつくはずだ。今夜、父親に脅迫状を出して、子供を返してほしけりゃ二千ドル払えと要求しよう」

そのとき、鬨の声のような叫びが聞こえた。巨人ゴリアテを打ち倒したダヴィデも、あんな声をあげたにちがいない。さっきレッド・チーフがポケットから取り出したのは投石器で、いまそれを頭の上でびゅんびゅん振りまわしてる。

おれはすばやく身をかわしたが、どすっという重い音がしたかと思うと、ビルがため息に似た音を漏らした。馬が鞍《くら》をはずしてもらって漏らす息に似てる。黒い嚙《か》み煙草みたいな色をした卵大の石が、ビルの左耳の後ろに命中してた。ビルはへなへなと崩れ、皿を洗う湯を沸かしてたフライパンにかぶさるようにして、火のなかにぶっ倒れた。おれはあわててビルを引きずり出し、半時間ばかり冷たい水を頭にかけてやった。

ようやくビルが起きあがり、耳の後ろをさわって言った。「サム、聖書の登場人物で、おれがいちばん好きなのがだれかわかるか？」

「落ち着けって」おれは言った。「じきに正気にもどれるから」

「子供を皆殺しにしろと命じたヘロデ王だ」ビルは言った。「おれをひとりでここに残して、どっかへ行ったりしないよな、サム」

おれは洞窟の外へ出て小僧をつかまえ、そばかすがかたかた鳴るほど揺さぶってやった。

「いいかげんにしないと」おれは言った。「まっすぐ家に送り返すぞ。どうだ、おとなしくするか、どうなんだ」

「ちょっとふざけただけなのに」小僧はふくれっ面をした。「オールド・ハンクに怪我をさせるつもりはなかったんだよ。でも、あいつはなんでおれを殴ったんだろ？家に送り返さないなら、おとなしくしてもいいよ、スネーク・アイ。それと、きょう〝黒い斥候《ブラック・スカウト》〟ごっこをしてくれるなら」

「そんな遊びは知らん」おれは言った。「ビルおじさんに相談するんだな。きょうもあのおじさんが遊び相手だ。おれは仕事があるから、ちょっと出かけてくる。さあ、中にはいって、おじさんと仲直りしろ。怪我をさせてごめんなさいと謝るんだぞ。じゃなきゃ、その場で家に追い返す」

おれは小僧とビルを握手させてから、ビルを脇に呼んだ。そして、これから洞窟の五キロ先にあるポプラ・グローブという小さな村へ行って、小僧の誘拐事件がサミットの町でどう受け止められてるかをできるだけ調べてくる、と告げた。もうひとつ、身代金の要求とその受け渡し方法を記した脅迫状を、きょうのうちにドーセットのおやじに送りつけるのがいい、と考えてることも。

「なあ、サム」ビルは言った。「おれはいままで、地震が来ようが、火事に遭おうが、洪水になろうが、まばたきひとつしねえでおまえの相棒をつとめてきた。ポーカーで博打をやったときも、ダイナマイトが爆発したときも、サツの手入れがはいったときも、列車強盗を働いたときも、台風に出くわしたときもだ。怖じ気づいたことなんて一度もなかったさ、あの二本脚のロケット花火みたいなガキをさらってくるまではな。とにかく、あいつにはお手あげだ。頼む、おれとあいつをあんまり長い時間ふたりきりにしないでくれねえか、サム」

「午後にはもどる」おれは言った。「それまで小僧の相手をして、おとなしくさせておいてくれ。さて、ドーセットのおやじに手紙を書くとするか」

ビルとおれは紙と鉛筆を取り出して、手紙を書きはじめた。レッド・チーフはというと、毛布を体に巻きつけ、ふんぞり返って歩きまわりながら洞窟の入口を見張ってる。ビルは身代金を二千ドルから千五百ドルに引きさげようと、おれに泣きついてきた。「別にけちをつけるつもりはねえさ」ビルは言った。「親の愛情ってのは、そりゃあ世間で言われるとおり立派なもんだよ。でもな、相手だって人間だろ。あんな体重二十キロのそばかすだらけの山猫と引き換えに二千ドルも出すって、ふつうの人間はしねえと思うんだ。おれは千五百ドルで行きたい。差額はおれに請求していいからさ」

そんなわけで、ビルの気持ちをなだめるためにおれは承知した。で、ふたりで力を合わせて、こんな手紙を書きあげた。

エベニーザー・ドーセット殿

ご子息は預かった。サミットより遠く離れた某所に隠している。ご自身はもとより、腕利きの探偵を雇って捜索しても無駄だ。無事に取りもどしたければ、以下の条件に従っていただくしかない。まず、当方はご子息を返還する見返りとして、高額紙幣で千五百ドルを要求する。その金額を今夜零時、貴殿の返信と同じ場所の同じ箱――詳細は以下に記す――に入れておくこと。この条件を承諾するなら、その旨を記した書面を今夜八時半、使者ひとりに託して届けてもらいたい。

ポプラ・グローブに至る街道を進んでアウル川を渡ると、向かって右側の小麦畑の柵に沿って、およそ百メートル間隔で三本の大木が並んでいる。三本目の木の真向かいにあたる柵の杭《くい》の根もとに、厚紙でできた小箱がある。

使者はその箱に返信を入れ、ただちにサミットへもどること。

何かおかしな真似をしたり、こちらの要求を呑《の》まなかったりした場合は、ご子息には二度と会えないものと思っていただきたい。

要求どおりの金額が支払われた場合、ご子息は三時間以内に、無事に貴殿のもとへお返しする。なお、以上の条件は最終決定であり、従わない場合には、以後いっさいの連絡はないものと心得られたい。

命知らずの二人組より

この手紙にドーセットの宛名を書き、おれはポケットにしまった。出かけようとしたとき、小僧が近づいてきて言った。

「おい、スネーク・アイ、あんたが留守のあいだ、ブラック・スカウトごっこをしていいと言ったよな」

「ああ、いいとも」おれは言った。「ビルおじさんが相手をしてくれる。どんな遊びなんだ」

「おれがブラック・スカウトになって」レッド・チーフは言った。「村の防御柵のところまで馬を飛ばして、開拓者にインディアンが襲撃してくることを知らせに行くんだ。もうインディアン役は飽きたよ。こんどはブラック・スカウトになりたい」

「わかった」おれは言った。「それなら危険なこともなさそうだ。ビルおじさんが、しつこいインディアンの裏をかく作戦に手を貸してくれるよ」

「おれは何をすりゃいいんだ」ビルは不審そうに小僧を見た。

「馬の役さ」ブラック・スカウトは言った。「手と膝を突いてくれよ。馬がいなかったら、防御柵《さく》のところまで行けないだろ」

「しばらくご機嫌をとっといてくれ」おれは言った。「計画が動きだすまでの辛抱だ。まあ、そう熱くなるなよ」

ビルは手と膝を突いて馬になったが、その目に浮かんだ表情は罠《わな》にかかったウサギそのものだった。

「防御柵まではどのぐらいあるんだ」ビルはかすれた声で訊《き》いた。

「百五十キロだ」ブラック・スカウトは言った。「うんとがんばって走らないと、間に合わないぞ。さあ行け、どう、どう！」

ブラック・スカウトはビルの背中に飛び乗り、かかとで脇腹を蹴《け》った。

「頼むから」ビルは言った。「大急ぎで帰ってきてくれよ、サム。やっぱり身代金は千ドルにしときゃよかったかもな。おい、こら、蹴るのをやめろ。やめないと、起きあがってぶん殴るぞ」

おれはポプラ・グローブの村まで歩き、郵便局を兼ねた商店に居すわって、買い物にやってくる田舎者たちと話をした。そのなかのひとり、ひげもじゃの男が言うには、サミットの町では目下、エベニーザー・ドーセット旦那《だんな》の息子の姿が見えなくなり、迷子になったのかさらわれたのかと、上を下への大騒ぎになってるそうだ。それだけ聞けばじゅうぶんだった。おれは煙草を買い、とりあえず大角豆《ささげ》の値段を尋ねたりしてから、手紙をこっそり投函《とうかん》してその場を去った。あと一時間で集配人がサミット行きの郵便物をとりにくるだろう、と郵便局長は言ってたよ。

洞窟《どうくつ》へもどると、ビルと小僧が見あたらなかった。おれは洞窟の周辺を探し、危険を承知で一、二度ヨーデル風に叫んでみたが、返事はなかった。

そこでパイプに火をつけ、苔《こけ》の生えた土手に腰をおろして、しばらく待つことにした。

半時間ほどしたとき、茂みががさがさ鳴る音がして、洞窟の前の小さな空き地にビルがふらつきながら出てきた。その後ろに小僧がいる。本物の斥候みたいに足音を忍ばせ、顔いっぱいに笑みを浮かべてる。ビルは立ち止まって帽子を脱ぎ、赤いハンカチで顔をぬぐった。その後ろ二メートル半ほどのところで、小僧も足を止めた。

「サム」ビルは言った。「裏切り者だと思われるだろうけど、もうどうしようもなかったんだ。おれだって大の大人だし、男としての気概ってもんもあるし、護身の心得だってある。だがな、うぬぼれも力もまったく通じねえときがあるんだよ。小僧は行っちまった。おれが家へ帰した。何もかもご破算だ」ビルはことばを継いだ。「そりゃあ昔は、せっかくの儲《もう》けを手放すぐらいなら、死んだほうがましだなんてぬかす連中もいたさ。でもそいつらは、おれが食らったみたいな、この世のものとは思えねえ責め苦を経験してねえんだよ。おれだって、あいつの言うことを聞いてやろうとがんばったさ。けど、物には限度ってもんがある」

「何があったんだ、ビル」おれは訊いた。

「馬になって」ビルは言った。「防御柵まで百五十キロ走らされたよ、一センチも余さずにな。で、開拓者らが無事に救出されると、餌のオート麦を食えと言われた。砂をオート麦に見立てられちゃ、こっちはたまったもんじゃねえ。おつぎはたっぷり一時間、質問攻めだ。穴のなかはなんでがらんどうなのか、道はどうして左右に走ってるのか、草はなんで緑色なのか、いちいち説明を求められた。なあ、サム、人間の我慢はそのへんが限界なんだよ。おれは小僧の襟首をつかんで、山のふもとまで引きずってった。道中でさんざん脚を蹴られたもんで、膝から下はあざだらけだぜ。おまけに親指や手を二度も三度も嚙《か》みつかれて、まだじんじんしびれてる。でも、もうガキはいねえ」――ビルはつづけた――「家に帰ったよ。サミットまでの道を教えてやって、ついでにひと蹴り食らわせて、二メートル半ばかり町に近づけてやったぜ。身代金をせしめ損ねたことについては、すまねえと思ってる。だがそうでもしなきゃ、このビル・ドリスコルさまは頭のねじがすっ飛んで病院行きになってたさ」

ビルは苦しそうにぜいぜい息をしていたが、そのバラ色に上気した顔には、言いようのない安堵《あんど》の色と湧きあがる満足感が浮かんでいた。

「ビル」おれは言った。「おまえ、心臓病の家系じゃないよな」

「ああ、ちがう」ビルは言った。「マラリアや事故で死んだやつはいるけど、心臓の持病持ちはいねえな。それがどうかしたか」

「だったら、まわれ右して」おれは言った。「後ろを見てみろ」

ビルは振り返り、小僧に気づいて顔色を失った。地面にどさりと尻《しり》もちをつき、そのへんの草や小枝を意味なくむしりだした。それから一時間ばかり、おれはやつの精神状態が本気で心配だった。だから、おれの計画どおりに進めばじきに仕事は終わる、ドーセットのおやじがこっちの条件を呑んだら、夜中には身代金を受けとって、とっととずらかろうと言ってやった。ビルはなんとか気を取りなおし、小僧に弱々しく笑ってみせると、もう少し気分がよくなったら日露《にちろ》戦争ごっこでロシア兵の役をしてやる、と約束した。

おれは相手に裏をかかれてつかまるなんてことのないよう、本職の誘拐屋もほれぼれしそうな作戦をちゃんと立ててた。返信が——そのあと身代金も——置かれることになってる木は、道端の柵のそばに生えてるけど、その周辺には何もないただの野原がひろがってる。だから、おまわりの一団が手紙をとりにくる者を見張ってたら、そいつが野原を突っ切ってこようが、街道を歩いてこようが、遠目にもすぐにわかっちまうわけだ。けど、おれがそんな下手を打つわけがないだろ。八時半には木にのぼり、アマガエルみたいにうまく身を隠して、使者が来るのを待った。

きっかり時間どおりに、洟垂《はなた》れ小僧に毛が生えたぐらいの若造がひとり、自転車でやってきて、柵の杭《くい》の根もとに置いてある厚紙の箱を見つけ、折りたたんだ紙片を滑りこませると、ペダルを漕《こ》いでサミットの町へ引き返していった。

おれは一時間待ってから、もうだいじょうぶだと判断した。木から滑りおりて手紙を回収したあと、忍び足で柵伝いに森までたどり着き、さらに三十分かけて洞窟に帰り着いた。手紙を開き、ランプのそばへ行って、ビルに読んで聞かせた。ペン書きの読みにくい文字が並んでたが、要点はこうだった。

命知らずの二人組殿

拝復　本日の郵便にて、愚息と引き換えに身代金を要求する旨のお手紙を拝受しました。貴殿の要求額はいささか高すぎると思われますので、ここに対案を提示いたしましょう。貴殿には承諾いただけるものと確信しております。愚息ジョニーを拙宅までお連れくださり、現金で二百五十ドルをお支払いいただければ、愚息を引きとることに同意いたします。ご来訪は夜分がよろしいと存じます。近隣の人々は愚息が行方不明になったと見なしておりますので、万が一、貴殿が愚息を連れている姿が目撃された場合、いかなることになっても当方では責任を負いかねるからです。

敬白

エベニーザー・ドーセット

「海賊も恐れ入る大悪党め」おれは言った。「よくもまあ――」

だがビルの顔をちらりと見て、その先を言うのをためらった。ビルはことばをしゃべれない者か、表情豊かな動物にしかできないような、全身全霊で何かを訴える表情をしていた。

「サム」ビルは言った。「二百五十ドルがなんだってんだよ。それぐらいの金はあるじゃねえか。このガキともうひと晩いっしょにいたら、おれは頭がどうにかなっちまって、病院行きまちがいなしだ。ドーセットさんってのは立派な紳士であるばかりか、これっぽっちしか要求してこないなんて、なんとも太っ腹じゃねえか。まさかこの機会を逃すなんて言わないよな」

「正直に言うとな、ビル」おれは言った。「おれもこのちびには、いささかげんなりしてる。家へ連れてって、身代金を払って、さっさとずらかろう」

おれたちはその晩、小僧を家まで送り届けた。父ちゃんがおまえに銀の飾りをつけたライフルと鹿革の靴を買ってくれてるらしいから、あすみんなで熊狩りに行こうと言い聞かせて、やっとのことで連れ帰った。

ドーセット家の玄関のドアを叩《たた》いたのは、ちょうど午前零時だった。当初の予定でおれが木の下の箱から千五百ドルを頂戴《ちょうだい》してたはずの時刻に、ビルは二百五十ドルを数えてドーセットに手渡した。

おれたちが自分を置いて帰るつもりだと気づくと、小僧は蒸気オルガンみたいな声でわめきだし、ヒルのようにビルの脚にしがみついた。父親は傷口から絆創膏《ばんそうこう》を剝《は》がすように、小僧をそっとゆっくりビルの脚から引き離した。

「どれくらい押さえてられますか」ビルは尋ねた。

「もう若いころのような力はないからな」ドーセットのおやじは言った。「十分ぐらいならだいじょうぶだろう」

「じゅうぶんです」ビルは言った。「その十分で、中部と南部と南西部の州を突っ切って、カナダとの国境まで一目散に逃げてやる」

そして、外は真っ暗で、おまけにビルは太ってて、足の速さはおれとどっこいどっこいなのに、おれがようやくビルに追いついたときには、サミットの町からたっぷり二キロ半は離れてたってわけなんだ。

訳者あとがき

オー・ヘンリーの傑作短編集の第二弾として、表題作「最後のひと葉」を含めた十二編をお届けする。もちろん、第一集『賢者の贈り物』と、どちらを先に読んでもかまわない。第一集はほとんどの作品がニューヨーク市、それもマンハッタン島の南側のブロードウェイ近辺を舞台としていたが、この第二集はニューヨーク市だけでなく、南部などの大小の都市で暮らす人々の姿も、同じように生き生きと描かれている。

オー・ヘンリーの経歴や作品群の特徴に関しては、第一集の飯島淳秀《いいじまよしひで》氏の解説や訳者あとがき、さらにはこの第二集の末尾に付した年譜を見ていただくとして、ここでは第二集に収録された十二作品それぞれについての雑感を記すことにする。結末を明かすものもあるので、できれば各作品を読み終えてから見ていただきたい。

「最後のひと葉」

オー・ヘンリーの全作中で、おそらく「賢者の贈り物」と並んで最も有名な作品だが、女性ふたりが主人公となるのは、この作家のものではかなり珍しい。また、最大の特徴とされる「皮肉などんでん返し」も「ユーモアとペーソス」も、特に顕著に見られるわけではない。にもかかわらず、これが代表作とされ、長きにわたって全世代から支持されてきたのは、圧倒的な美しさと力強さを具《そな》えた「生」の讃歌であることと、あまりにも巧みな小道具（ツタの葉）の使い方ゆえではないだろうか。もちろん、登場機会はけっして多くないのに強烈な印象を残すベアマン老人の造形によるところも大きいだろう。

「二十年後」

こちらは男ふたりの友情物だが、いささかミステリー風の味わいがある。若いころ、ちょうど二十年後に再会しようとしたふたりの一方が他方を待っている。相手はほんとうに現れるのか、どうなのか。やがて、いかにもオー・ヘンリー作品らしい意外な結末が訪れるが、よく読み返してみると、いくつもの個所にさりげなく伏線が仕込まれているのがわかる。途中で視点が変わったり、手もとがクローズアップになるかのような映像的な描写があったり、短いながらもていねいに作りこまれた作品だ。

「救われた改心」

天才的な金庫破りを主人公とする、ロマンスやサスペンスの要素をバランスよく配した佳作で、改心した悪党を刑事が追う作りは『レ・ミゼラブル』などを髣髴《ほうふつ》させる。

のんびりとした前半とは打って変わって、終盤は緊張感に満ちた展開となる。
原題の〝A Retrieved Reformation〟をどう訳すかはなかなかむずかしく、過去にさまざまな訳題がつけられてきたが、今回の新訳では、危機に瀕《ひん》した「改心」が間一髪のところで「救済」されるという構造を前面に出したタイトルにした。

「犠牲打」

犠牲打というのは、もちろん野球の用語で、おもに送りバントを指すが、これは失敗したときのダメージが強烈だ。この作品での犠牲打とは、売れない作家が自作を雑誌に掲載してもらうためだけに結婚したくもない女と結婚するという「大胆な捨て身の企て」を指す。当事者としては真剣そのものだが、結末は何度読んでも噴き出してしまう。それはこの秀逸なタイトルによるところが大きいのではないだろうか。

「魔女のパン」

善意がつねに実を結ぶとはかぎらないことは、ある程度の歳になればだれもが知っている。ときには、思いがけない理由から残酷な結末がもたらされる。どちらへ転ぶかわからないから、オー・ヘンリーの作品は最後まで目を離せない。
少年時代から画才も発揮した作者は、二十代のころ、製図係補佐として土地管理局に勤務していた。この作品には当時の経験が生かされているにちがいない。

「水車のある教会」

オー・ヘンリーは病弱な妻アソルに先立たれたが、銀行の資金横領疑惑でニューオーリンズやホンジュラスへ逃亡したり、のちに執筆のためにニューヨークへひとりで移り住んだりで、ひとり娘のマーガレットと暮らせない期間が長かった。会えない娘への切ない思いが最良の形で結実したのが、この心やさしい作品ではないだろうか。狭軌鉄道が走る山の斜面、その下を流れる川、深い森にたたずむ水車小屋。作者とマーガレットがのんびりとマツの林を歩く姿が見えるような気がする。

「運命の衝撃」

この作品に出てくるマディソン・スクエア・パークは、有名なマディソン・スクエア・ガーデンから少し離れたところにある公園である。第四代大統領ジェームズ・マディソンにちなんで名づけられ、一八四七年に公共の公園として正式に開園した。

華やかなニューヨークの中心部にあるのどかな公園で、弱そうで意外に強い男と、強そうで意外に弱い男の運命が交錯し、思いがけない結末へと導かれていく。人生の喜怒哀楽が凝縮されたような物語である。

「ラッパの響き」

実直な刑事ウッズは、旧知のカーナンが殺人事件の犯人だと突き止めたにもかかわらず、相手からかつて金を借りたことがあるせいで逮捕に踏みきれない。しかし、新聞社を利用する捨て身の妙案を思いつき、巧みに正義を実行する。いわば「犠牲打」の裏返しの作品だ。

タイトルのラッパは、正確にはクラリオンという高音の金管楽器である。カーナンの完全犯罪の終わりを告げるその音は、勝利のファンファーレでもあるだろう。

「ジェフ・ピーターズの人間磁気」

自分が詐欺師の被害に遭ったらたまったものではないが、小説や映画に登場する詐欺師は魅力的な人物が多い。ジェフ・ピーターズもそのひとりで、オー・ヘンリーはよほど気に入ったのか、このジェフ・ピーターズと相棒アンディ・タッカーの話を十数作書いて、短篇集 *The Gentle Grafter* としてまとめている。

とりわけこの「ジェフ・ピーターズの人間磁気」は出色の出来で、あのエラリー・クイーンも、みずから編纂《へんさん》したアンソロジーに二度選んでいる。

「運命の道」

オー・ヘンリーの作品としてはかなり長く、三部構成の作りであるとも言える。舞台は王制が敷かれていた時代のフランス。詩人になることを夢見る羊飼いに三つの将来が提示され、どれを選ぶのがよいかという展開となる。なんとも皮肉な三つの結末は、発表当時には賛否両論を呼んだらしいが、みなさんはどう感じただろうか。

三つの選択は、結局のところ、代わり映えのしない人生の縮図なのか、あるいは本質の部分で異なるのか。それぞれの生き方は何か大きなものを暗示しているのか。読書会などで論じ合うのにぴったりな作品だ。

「都市通信」

南部の街ナッシュヴィルの歴史や特徴をガイドブックさながらに紹介しつつ、一ドル紙幣の謎をめぐるミステリーも織り交ぜて、街のさまざまな人間模様をコミカルに描く、技巧豊かで味わい深い作品である。

だが、その根底には、無意識ではあっても確実に黒人への人種差別が存在する。この作品には、現代では冷や汗をかきそうな言いまわしが散見されるが、当時の感覚を知ってもらうために、あえてそのままのニュアンスで訳してある。

「赤い酋長《しゅうちょう》の身代金」

傑作集の最後に配したのは、数多いヘンリーの短編のなかでも、とりわけユーモアにあふれた楽しい作品だ。ならず者のふたり組が、裕福な家庭の子供を誘拐するが、これがどうにも手のつけられない悪童だった。誘拐犯のふたりが子供に振りまわされるさまがなんとも滑稽《こっけい》で憎めず、読んでいて笑いが止まらない。

誘拐された子の父親は「金にしぶくて、高利貸しまでやって」「教会で献金皿がまわってきても、おつぎへどうぞと知らん顔する」したたかな人物で、名前がエベニーザー。そう、オー・ヘンリーは、ディケンズの『クリスマス・キャロル』のあの強欲な老人エベニーザー・スクルージをさりげなく〝登場〟させ、この作品の楽しみを倍加させている。

今回の翻訳でも、第一集と同じ *The Complete Works of O. Henry* (Doubleday, 1953) を底本として用いた。

二〇二〇年十一月に刊行された第一集には、以下の十六作品が掲載されている。ぜひ合わせて楽しんでいただきたい。

警官と賛美歌　The Cop and the Anthem
賢者の贈り物　The Gift of the Magi
忙しい株式仲買人のロマンス　The Romance of a Busy Broker
洒落《しやれ》男の失敗　Lost on Dress Parade
御者台から　From the Cabby's Seat
第九十九分署の外交方針　The Foreign Policy of Company 99
金のかかる恋人　A Lickpenny Lover
桃源郷のはかなき客　Transients in Arcadia
ハーグレイヴズのふたつの顔　The Duplicity of Hargraves
アイキー・シェーンスタインの惚《ほ》れ薬　The Love-Philtre of Ikey Schoenstein
富の神とキューピッド　Mammon and the Archer
緑のドア　The Green Door
マックの救出代　The Ransom of Mack
振り子　The Pendulum
自動車を待たせて　While the Auto Waits
春の献立表　Springtime à la Carte

越前敏弥

オー・ヘンリー年譜

一八六二年
九月十一日、アメリカ合衆国のノースカロライナ州グリーンズバロで誕生。本名はウィリアム・シドニー・ポーター。父アルジャーノンは医師で、ウィリアムはその次男。

一八六五年　（三歳）
母メアリーが肺結核で死去。父アルジャーノンが医業を顧みなくなり、ウィリアムの教育は、おもに未婚の叔母エヴァリーナ・マリア・ポーターにまかせられる。叔母は私塾を経営して文学や芸術を教え、ウィリアムはそのもとで本好きの少年時代を過ごす。

一八七七年　（十五歳）
叔母の私塾を卒業。進学せず、叔父クラーク・ポーターの経営するドラッグ・ストアで見習い薬剤師として働きはじめる。

一八八一年　（十九歳）
薬剤師の資格を取得する。

一八八二年　（二十歳）
病気療養のためにテキサス州ラ・サール郡へ移り住み、知人の経営する牧場で働きはじめる。この時期に古典文学への関心を深め、スペイン語などを独習する。この時期の体験が、のちに執筆する西部・南部を舞台とした作品の原型となる。

一八八四年　（二十二歳）
二十一歳でテキサス州の州都オースティンへ引っ越して、新生活をはじめる。不動産会社の帳簿係の仕事に就く。

一八八七年　（二十五歳）
土地管理局の製図係補佐の仕事をはじめる。

七月、アソル・エステス・ローチと結婚。《デトロイト・フリー・プレス》紙や《トゥルース》紙から寄稿の依頼を受けるようになり、文筆活動をはじめる。

一八八九年　（二十七歳）
九月、娘マーガレットが生まれる。

一八九一年　（二十九歳）
オースティンのファースト・ナショナル銀行の出納係として勤務する。仕事の合間に、《デトロイト・フリー・プレス》紙や《トゥルース》紙への原稿を書きつづける。

一八九四年　（三十二歳）
月刊紙《アイコノクラスト》の経営権を共同購入し、そこで週刊紙《ローリング・ストーン》を創刊する。十二月、銀行の資金横領疑惑で告発される。

一八九五年　（三十三歳）
四月、《ローリング・ストーン》が売れ行き不振で廃刊となる。七月、銀行資金横領疑惑は大陪審で不起訴の裁定がくだる。十月、《ヒューストン・ポスト》紙の記者となり、ヒューストンへ移り住む。

一八九六年　（三十四歳）
銀行資金横領疑惑でふたたび告発される。保釈中の二月、ニューオーリンズへ逃亡し、さらに中米のホンジュラスへ。

一八九七年　（三十五歳）
一月、妻アソルが危篤に陥り、中米ホンジュラスから帰国する。七月、妻アソルが死去。

一八九八年　（三十六歳）
懲役五年の有罪判決を受け、オハイオ州の刑務所に収監される。服役中も短編の執筆をつづける。

一九〇一年　(三十九歳)
七月、模範囚として三年三か月に減刑され、釈放される。

一九〇二年　(四十歳)
娘マーガレットを義父母に預けたまま、しばらくピッツバーグで暮らしたのち、春、単身でニューヨークへ移り住む。このころからオー・ヘンリーの筆名で多くの短編を書くようになる。

一九〇三年　(四十一歳)
《ニューヨーク・サンデー・ワールド》紙と一編百ドルの契約をし、毎週短編を書く。

一九〇四年　(四十二歳)
短編集 *Cabbages and Kings* 刊行。

一九〇六年　(四十四歳)
短編集 *The Four Million* 刊行。

一九〇七年　(四十五歳)
短編集 *Heart of the West* と *The Trimmed Lamp* 刊行。幼なじみのセアラ・リンゼー・コールマンと再婚する。娘マーガレットを引きとって新生活をはじめる。

一九〇八年　(四十六歳)
短編集 *The Voice of the City* と *The Gentle Grafter* 刊行。健康が悪化して、妻とは別居し、マーガレットは寄宿学校へ移る。

一九〇九年　(四十七歳)
短編集 *Roads of Destiny* と *Options* 刊行。

一九一〇年
短編集 *Strictly Business* と *Whirligigs* 刊行。
六月五日、肝硬変と心臓病による合併症により、四十七歳で死去する。

本書は訳し下ろしです。

本書中には、特定の人種について、または酋長、インディアンなど、今日の人権擁護の見地に照らして不当・不適切な表現がありますが、これらの作品が執筆された一九〇〇年代初頭の時代的背景と、作品自体の文学性、著作者人格権の尊重という観点から、原文のニュアンスを残す訳としました。差別や侮蔑の助長を意図したものではないことをご理解ください。

（編集部）

オー・ヘンリー傑作集《けっさくしゅう》2

最後《さいご》のひと葉《は》

オー・ヘンリー　越前敏弥《えちぜんとしや》＝訳

令和3年　3月25日　初版発行
令和6年　3月15日　10版発行

発行者●山下直久

発行●株式会社KADOKAWA
〒102-8177　東京都千代田区富士見2-13-3
電話　0570-002-301（ナビダイヤル）

角川文庫 22608

印刷所●株式会社KADOKAWA
製本所●株式会社KADOKAWA

表紙画●和田三造

◎本書の無断複製（コピー、スキャン、デジタル化等）並びに無断複製物の譲渡および配信は、著作権法上での例外を除き禁じられています。また、本書を代行業者等の第三者に依頼して複製する行為は、たとえ個人や家庭内での利用であっても一切認められておりません。
◎定価はカバーに表示してあります。

●お問い合わせ
https://www.kadokawa.co.jp/（「お問い合わせ」へお進みください）
※内容によっては、お答えできない場合があります。
※サポートは日本国内のみとさせていただきます。
※Japanese text only

©Toshiya Echizen 2021　Printed in Japan

ISBN 978-4-04-109240-8　C0197

◆◆◆